有爱的青春陪伴者

大富之家

DaFu ZhiJia

易术——著

江苏凤凰文艺出版社

图书在版编目（CIP）数据

大富之家 / 易术著. -- 南京：江苏凤凰文艺出版社，2024.4
 ISBN 978-7-5594-8124-5

Ⅰ.①大… Ⅱ.①易… Ⅲ.①长篇小说－中国－当代 Ⅳ.①I247.5

中国国家版本馆CIP数据核字(2023)第229733号

大富之家
易术 著

责任编辑	王昕宁
特约编辑	廖 妍
出版发行	江苏凤凰文艺出版社
	南京市中央路165号，邮编：210009
网　　址	http://www.jswenyi.com
印　　刷	长沙鸿发印务实业有限公司
开　　本	880mm×1230mm 1/32
印　　张	8.5
字　　数	147千字
版　　次	2024年4月第1版
印　　次	2024年4月第1次印刷
书　　号	ISBN 978-7-5594-8124-5
定　　价	42.80元

江苏凤凰文艺版图书凡印刷、装订错误，可向出版社调换，联系电话025-83280257

第一章·绝症 / 004
窗外风吹过，一片香樟叶随风飘落，跌落在综合楼的窗台上，让他有点儿走神。
其实还没到落叶的季节。

第二章·秘密 / 043
谁不是为自己而活呢，过一天，快活一天吧。

第三章·恋爱 / 079
他跟随着她的步伐，一步一步走出了他自己的天地。

第四章·偏执 / 113
我会不会错了——这样的念头其实一直都存在着，只是被她强大的力量生生压了下去。

目 / 录

第五章 · 败类 / 148
你想藏起来,没有关系,但我想见你,我就来了。

第六章 · 争吵 / 181
这个谎,他不撒了。

第七章 · 意外 / 209
他们的结局如果是这样,就好了。

第八章 · 日出 / 229
他多内疚,却又多欣慰啊。

终章 · 一年后 / 261
请为我保守《大富之家》的秘密。

目 / 录

这一家人,个个都很富有。

第 一 章　绝症

DAFUZHIJIA

六月，湖南常德，真热啊。

全国评选几大火炉城市的时候，是不会想到这里的。毕竟这是个并不知名的中小城市，尽管这里有传说中的"桃花源"。

说起桃花源，这是常德人的骄傲之一，按照陶渊明的《桃花源记》里的记叙修建得一模一样。每年春天，沿路便是茂密的桃花林，正是所谓的"芳草鲜美，落英缤纷"，再穿过秦人古洞，"山有小口，仿佛若有光"，然后便进入了世外桃源。洞外是传说中荒古神奇的秦人村。晨钟暮鼓，传递着苍凉；良田美池，流淌着自由；黄发垂髫，共享着怡乐。那古朴的秦居，芳香的擂茶；那深巷的犬吠，桑颠的鸡鸣；那戏台的古典，牧童的村笛；那油榨的"吭唷"，水车的轻摇；那秦剑楚刀，石磨瓦罐……

只可惜，这绝世美景每年只有短短的两个月，这就是桃花的自然花期。

据说科学家在研究能四季盛开的桃花，常德人却不以为然——在夏天盛开的，那叫桃花吗，那是妖精。

关于这桃花源，这些年也一直存在争议，有人说真正的桃花源其实在河南灵宝，还有人说在安徽黟县。网友们引经据典，吵上了热搜，吵成了几个派系，却不知道常德有个小镇叫武陵镇，这个名字自古便是了，所谓"晋太元中，武陵人以捕鱼为业……"，常德人们以此为佐证，证明传说中的世外桃源千真万确就在常德。

对于六十岁的张大海来说，桃花源在哪里并不重要，他不是武陵人，他住在鼎城区，桃花源在桃源县，他从来没去过。他对坐两个小时车去看桃花这件事完全没兴趣，也并不关心真正的桃花源到底在哪儿。他现在只关心这么热的天什么时候能够消停，这种南方的湿热，即便他这大半生都是如此度过的，

但酷暑来临的时候依然不适应。

此刻，他正站在公交站台，排队上车。有个肥胖的中年女子蛮横地往前钻，想要插队，他眉头一横，伸手指了指。那女子打量了他一下，正要叉腰咆哮，随即脑瓜子一转，缓了缓，想必是害怕被碰瓷，多一事不如少一事，于是撇撇嘴，翻了个白眼又排回原处。

张大海满意地跟着队伍上车。

公交车司机名叫金枝，不到五十岁，她戴着泛黄的白纱布手套，看起来很干练，还细心地描了眉毛，戴了一对珍珠耳环，耳环随着她的肢体动作晃来晃去。

金枝大声对上车的乘客喊着："往里面走！往里面走！"

张大海看起来跟她已是熟识的朋友，但其实只不过是点头之交，真正的点头之交——上车时两人默契地微笑点了一下头，就没其他的了。

张大海每天上班都会搭乘1路车，并且是在这个点上车，所以几乎每次都是赶上金枝的车。他们并未过多交流，事实上他们从未交流过，公交车司机安全第一，张大海虽不算笨口拙舌，但也不敢在人家工作的时候贸然主动去闲聊。

驾驶室旁边靠窗处正好有位置，张大海坐下了。这像是他的专属座位，每次他都坐这里。

车开动起来,他偶尔假装不经意地看看金枝的侧脸,那个珍珠耳环晃来晃去,让他竟然有些出神。

窗外是行色匆匆的人,刚刚出摊的水果摊,播放着抖音神曲的杂货店,卖力蹬着三轮车的小工……南方小镇的人们,这是属于他们独有的繁忙与琐碎。

不一会儿,公交车上挤满了人。张大海面前站了个穿裙子的女孩,她一只手紧握着抓环,另一只手刷着手机,一副聚精会神的模样,时不时被短视频里的段子逗得忍俊不禁。旁边是一名面容猥琐的眼镜男,留着很多电视剧里的反派常会留的八字胡,拿出手机,趁着拥挤偷偷伸出手在女孩裙下偷拍。

张大海不经意间瞥见了,顿时火冒三丈,正要挺身而出,此时,金枝也在后视镜里注意到了这一幕,到了下一站,金枝突然猛踩刹车,大家都朝前倾斜,眼镜男的手机没拿稳,飞了出去。

眼镜男捡起手机,见屏幕裂了条缝,顿时火冒三丈,冲上前质问金枝:"喂,你怎么开车的!赔我手机!"

车门打开,金枝大声招呼着乘客下车上车,根本不搭理眼镜男。

车门关上,车继续前行。

眼镜男见索赔不成，继续骂骂咧咧，金枝没有反应，看都没看他一眼，于是他又上前一步，却被张大海起身拦住。

张大海怒目圆睁，音色粗糙而有力："看着斯斯文文，原来是个流氓！"

眼镜男被当众指责，按捺不住地嚷嚷："你说谁呢！"

金枝配合着张大海，带着嘲讽的语气说道："说你呢，赶紧把那些见不得人的照片删了，不然报警抓你！"

张大海呵斥道："删了！"

车上乘客议论纷纷，对着眼镜男指指点点，还有人拿出手机拍他。

"他偷拍那姑娘。"

"臭流氓啊！"

"肯定不是第一次了，这种人得抓！"

"祸害小妹子，没教养的！"

车上的议论声一浪高过一浪，被偷拍的女孩羞红了脸，乘客们纷纷把她挡住，将她与眼镜男隔离开来。

眼镜男面子挂不住，突然推开张大海，冲上前推搡金枝，抢夺方向盘。公交车在马路上乱窜，乘客们大叫起来，金枝死死护住方向盘。

眼镜男慌张地大喊："我要下车！停车！"

张大海见状上前一把勒住眼镜男的脖子,拉开他,金枝紧握方向盘,挣脱开之后总算顺利地将车停在路边。

见两人打成了一团,金枝大喊着:"后面的乘客,帮忙报警!"

那被偷拍的女孩赶紧拨打报警电话。

别看张大海已到了颐养天年的年纪,但他身板硬挺,手劲大得出奇,眼镜男被他摁在地上动弹不得。只是这时,张大海的肚子突然剧烈疼痛起来,他抽出右手,捂住腹部,眼镜男赶紧起身,摆脱了张大海的控制,伸出手要扒开车门。张大海忍住疼痛站了起来,大步朝眼镜男走来,那眉头紧皱、虎虎生威的架势让人不寒而栗。他一把抓住眼镜男,其他乘客一拥而上,轻松将这人制伏。

一片掌声。

没过多久警察赶了过来。

携手除恶,合作愉快,张大海松了一口气,和金枝相视一笑。

满足了。

车继续前行。

张大海似乎都忘了疼痛,沉浸在刚才英雄的荣誉与掌声

当中,他靠在车窗边,嘴角忍不住露出一丝笑意。他对和金枝的第一次打交道,很是满意。

到了新都宾馆这一站,公交车再度停靠。

张大海随着人群下车,金枝看着他的背影,又看了看新都宾馆。这是一家新装修的三星级宾馆,在这个小镇上,算是个气派的建筑。

金枝笑了笑:"谢谢啊。"

这是他们第一次对话。

张大海一时没反应过来,回头笑了笑,想回她一句,还没想好如何礼貌而不经意地表达他的热情,车便开走了。

他看着车渐渐远去,风把他额前的头发吹起。

他在原地站了一会儿,随即转身离去。但他并未走进新都宾馆,而是朝另一边走去,他走了五六分钟后,到了街角,这才是他上班的地方,名叫百味饭馆。外观看起来有些破旧,是一个平民化的餐馆,很多出租车司机把这里当成据点,点上三五小菜凑一桌,便宜,好吃。他们说,大饭店做不出这里的味道。

张大海便是百味饭馆的大厨。

百味饭馆的后厨,嘈杂不堪,烟火横窜,像个兵荒马乱的城池。

张大海想必就是这里的将军，他掌控全局，备受尊重。他娴熟地将菜下锅，煎、煸、焖、炒，动作利索，有条不紊。他日复一日地重复着这些动作，从毛头小子到如今六十耳顺，他这一辈子，最亲密的伙伴便是手里这把锅铲了。与以往不同的是，今天他才忙碌了一会儿便累了，肚子又不争气地痛了起来，他坐在一边擦着汗，捂着腹部，不吭一声。缓了缓，他站起来，竟然有些腿抖，他不得已，又坐了下来。

"老喽，老喽。"张大海不禁感叹了一句。

有那么一瞬间，他突然觉得有些无助，这个年纪免不了会时不时想当初。

年轻那会儿，刚和素平处对象的时候，素平的姨父嫁女儿，张大海为给素平撑面子，去帮忙承办流水席，在白鹤山老家大摆二十八桌，一桌十八个菜，张大海带着一队人马愣是生生扛了下来。素平父母对这家徒四壁的小伙儿顿时刮目相看，说前不前途的先不说，至少女儿嫁给他不会饿肚子。他记得那一次，送完最后一拨客，才得空坐下来擦汗吃饭，大口吃肉，大口喝酒，丝毫不觉得累。这一过六十，小小一个肚子痛，竟然就扛不住了。

张大海叹了口气，唉，不服老不行。

服务员端来一盘小炒肉，结结巴巴地说："张……张师傅，5……5号桌刚才谁出的菜，小……小……小炒黄牛肉，怎……怎么上的小炒肉？"

张大海的徒弟赶紧看了看单子，辩驳道："写的牛肉，你说错了。"

服务员急了，刚要吵，张大海忍着痛，挥了挥手："算我的，等两分钟。"

后厨最忌讳打嘴仗，有那工夫，还不如赶紧解决问题，管他谁的错，又不是公交车上拍人底裤的臭流氓，没必要那么较真。更何况，用餐时间本来就手忙脚乱，耽误了时间，客人又该闹了。

油烧热，牛肉下锅，旺火爆炒，张大海只有在这样的油烟气面前，过度的专注才能短暂地忘记腹部的疼痛。

三五分钟，小炒黄牛肉出锅。

另一个服务员端着一盘菜急匆匆地进来："张师傅，3号桌的土匪猪肝，说太淡了。"

徒弟帮张大海说话："师父下料都很猛，这是哪路的神仙，口味这么重啊？"

张大海不吭声，伸手，徒弟递来一双筷子，他接过，尝了一口猪肝，皱了皱眉，然后拍拍自己的脸，叹了口气："年纪大喽。"

重新下锅，放盐，起锅。

张大海擦了擦手，对服务员说："回了锅，可能有点老了，送份花生给3号桌。"

一旁的徒弟趁着张大海没在忙活，凑上来，一脸堆笑："师父，明天我相亲，能不能帮我换个班？"

张大海额头上冒出豆大的汗珠，他强忍住，揉了揉肚子，听到这话，原本表情严肃的他笑了起来："行啊，老大不小了，赶紧结婚生崽。"

徒弟问："你几个小孩啊？"

"三个！小儿子接了我的班，手艺比我还好。"

张大海得意地大笑着。

街边一家普通的米粉店，大早上人满为患，灶台前的汤锅热气腾腾。

常德米粉是湖南米粉界的一支重要的派系，二十多道药膳、香料熬制牛肉和高汤，麻辣鲜香。传闻常德的米粉其实源于北疆，四百年前，清朝实行改土归流政策之后，长城边有回纥人组成的一支部队，奉命南下，过黄河长江，一直走到今天洞庭之滨才驻扎下来。因为不习惯南方的米饭，便使用北方做

面条的方法把大米煮烂后拉成丝，成为今天的米粉。

常德的街头，米粉随处可见，开店的老板们个个有自己的特色与骨气，有的以牛骨头做浇头闻名，有的主打一个"鲜"字，还有的米粉口味可能一般，但桌上十几碗不同的凉拌菜，随意吃，不加价。但不管是哪种，统统都有种"爱吃吃，不吃滚"的霸蛮气场，这是小店日积月累的骄傲。

这家的老板动作娴熟，一碗碗米粉上桌，客人们迫不及待地大快朵颐起来。

吃一碗粉，在这个小城，应该是忙碌的人们每天唯一与自己独处的时光了。

外卖骑手张小安骑着电动车奔赴而来，他二十出头，眉清目秀，但眉头始终紧锁，仿佛时刻要声讨这个世界。他停好车，取下安全帽，大步走进店内。

张小安伸手指了指牛肉粉，老板与他熟识，默契地点点头，给他下了一碗粉。他扫码付款，然后小心翼翼地端着粉，找了位置坐下，拿出手机设置成暂停接单模式后，随手把手机放在桌边，狼吞虎咽起来。

张小安身后那桌，和他背靠背坐着一个古灵精怪的少女，她叫小篆，像这个城市的异类，穿着与这里格格不入的大码套头衫，边吃粉边举着手机拍视频。

"各位好，我是你们朝思暮想的小篆。牛肉粉最重要的是浇头，好不好吃就看浇头熬得够不够劲道，这家店在我小学时就开了，到现在依然屹立不倒。在常德能活这么久的店，那必须是有两把刷子的，本姑娘今天为大家表演一分钟吃完三两粉，火箭给我刷起来啊兄弟们！"小篆旁若无人地对着手机摇头晃脑地说着。

身边的食客没人在意她的吵闹，张小安更是毫无反应，小篆像是这个画面里突兀的一笔，像是被修错了图，生硬地安放在人群中。

张小安吃完粉，刚走出店门，突然想起手机还放在桌上，回头找寻，手机却不在原位。他着急地拦住几名正要离店的客人，手里比画着手语，但没人听得懂他的意思。被拦住的客人们对视一眼，从他嗓子里发出的支离破碎的声音判断，眼前这个俊俏的少年是个聋哑人。他们不懂手语，只能摆摆手，表示并未明白他想做什么。

他平复了一下心情，意识到自己的慌乱，于是用手语表达："抱歉，我的手机刚才就放在那里，你们看见了吗？"

其中一个看似上班族的中年人有些不耐烦："干什么啊？别拦着啊小伙子，我要去上班！迟到了你负责啊！"

另一个打扮得体的妇女已经意识到张小安的窘迫，故意

侧身堵住门口，转身对张小安一字一顿地说："你慢慢说，别着急！"

张小安能通过对方的口型理解大致意思，于是继续用手语说："我的手机丢了，能不能帮我找找？"

他甚至用大众或许能理解的姿势比画着，但大家依旧一脸茫然。

店外的路人围观起来，吃完早饭赶着去上班的食客也渐渐没了耐性，都闹着要走。

小篆暂停直播，一脸好奇地凑了过来。

老板仔细地看着张小安的手势，然后上前问道："你丢了什么？"

张小安比画了一下，指了指旁边客人手里的手机。

老板拿起盛牛肉的汤勺，敲了敲锅，吆喝起来："喂喂喂！谁看见他手机了？别缺德，小孩儿不容易，欺负残疾人天打雷劈啊！"

中年上班族问："有监控吗？"

老板摇摇头。

没人吭声，大家面面相觑，这种破旧小店，有时候丢了东西真只能自认倒霉，但大家似乎都有些同情张小安，看他穿着外卖服，能想象他吃过不少苦，丢了手机，今天就没法开工。

小篆一直在一旁观察着张小安焦急的模样,然后从人群里钻出来。

小篆问:"你刚才将手机放哪儿了?"

张小安愣了一下,然后明白了小篆的意思,赶紧走到桌前,指了一下刚才放手机的位置。

小篆想了想,狡黠地一笑,随即举起自己的手机,得意扬扬地大声说道:"我刚才正好在拍Vlog,应该都录进去了,自己交代,不然就报警!"

无人应答。

陆续有客人叫好。

"播吧,身正不怕影子歪!"

"播!我赶着去送孩子上学呢!"

"播!偷小孩手机,不要脸!"

小篆提高了音量:"我播了啊!老板,报警!"

老板爽快地答道:"好嘞!"

老板拿起电话正要拨打110,人群里的小偷悄悄从裤子口袋里拿出手机,慌慌张张地扔进垃圾桶,但这动作幅度实在不小,迅速被人发现。

中年上班族伸手指向小偷,呵斥:"小偷!"

小偷正要逃离,众人上前,齐心协力地制伏了小偷。

这小偷獐头鼠目,手无缚鸡之力,警察一来,直接被吓得哇哇大哭。

手机失而复得,张小安感激地看了看小篆,笑着点头表示感谢。

小篆拍了拍他的肩:"小哥,改天请我吃饭啊。"

没等张小安回答,她便大摇大摆地离开米粉店,刚走几步,似乎是猜到张小安还在等着她道别,她回头冲着他笑了起来,挥了挥手,然后便钻入路边的人群中。

张小安看着她的背影发呆,好半天才想起忘记挥手回应小篆。他走出米粉店,四处张望,已经没有小篆的身影,或许以后不会再有机会遇见,想到这儿,张小安的心头竟然萌生了些许遗憾。

应该道个谢的,她想必觉得他很没有礼貌吧。张小安沮丧地想,然后拿起手机,恢复接单模式。

市第一人民医院的院子里有几棵高大的香樟。这几棵树据说好几十年了,当年抗日战争的常德会战时期就存在了,那时日本人在常德搞细菌战,空投带着细菌病毒的棉絮到常德鸡鹅巷。那是一段常德人不堪回首的屈辱史。年长的老人依稀记得，那会儿巷口已经有了这几棵树，但起初没人管，枯死过两棵，抗战胜利后重建时才分配了林业局的人来管，经历若干年，附近老旧的居民楼拆迁建了医院。这几棵树，像几名身材高大、守卫百姓的卫兵，就这样静静屹立在这里，见证了一个又一个常德人的离去。

医院的走廊很冷清，偶有护士与病人走过。张大海向来不喜欢医院里刺鼻的消毒水味道，一闻到它，就像向你宣布——你生病了，并且，你怕了，不然你为什么会来这里呢？

张大海这辈子没怕过什么，就怕在医院接受医生的"审问"，他们就像知晓一切的智者，你却什么都不懂、什么都不会，只能老实巴交地坐在这里，听他们告诉你你的身体状况。

窗外风吹过，一片香樟叶随风飘落，跌落在综合楼的窗台上，让他有点儿走神。

其实还没到落叶的季节。

综合楼办公室里，医生与张大海相对而坐，张大海眼神呆滞，手里是一张诊断书，上面写着：确诊肝癌，癌细胞已扩散。

前些日子的腹痛，跟以往不同，不是忍忍就过去了。倔强的老头没辙，偷偷来医院做了检查，刚拿到这结果。终究还是走到了这一步，以前的小病小伤还可以逞逞能，自欺欺人一

下,这一次,怕是真的遇到大魔头了。

医生冷静得有些不近人情地说:"治不治,要早点定,我想办法提前安排床位。"

张大海清了清嗓子,想表现得镇定一些:"医生,你跟我说老实话,还……还有多久?"

"我们跟病人说的都是老实话,"医生缓了缓,继续说,"不治的话,半年吧。"他想必在这里跟很多病人说过类似的话,也面对过很多种不同的反应。就像院里的这几棵香樟,看着病人们进进出出。生死离别,新芽落叶,都是人生的自然规律,没有谁是特别的。

"治的话呢?"

"恢复得好的话,能撑三年。"

张大海有些犹豫,额头开始冒汗。他抬起头,看着窗外的樟树发呆。他听说过这几棵树的年纪,据说跟他差不多大,但它们此刻意气风发,枝繁叶茂,直挺挺地立在不远处,如果不出意外的话,感觉它们还能活很久很久,而自己……刚才医生说,恢复得好的情况下也只能撑三年。

医生等了几秒,看张大海还在发蒙,忍不住提醒了一句:"决定了吗,治不治?"

"治……治治,得花多少钱啊?"

张大海还是想活的，他在人生最难的时候都没想过死，素平走的时候，跟天塌了一般，但也只有一个念头，那就是好好活着，好好养大三个孩子，不然拿什么脸去见素平。这么多年过去了，孩子大了，日子悠闲，虽然不奢望能老树开花跟金枝来个黄昏恋，但多少已经感受到一点儿岁月静好的味道，偏偏这时来这么一记重拳，让他等死，那可不行，死乞白赖也得活啊！

"换肝，保守估计三十万，反正……是个持久战，要做好心理准备。对了，你有子女吗？"医生翻开会议资料，看了起来，是送客的意思。

子女？

张大海当然有子女，不然他逢人就嘚瑟的啥呢？

他不但有，还有三个。这个年代，有三个子女的家庭并不多见了。

张大海犹豫着要不要打电话给大女儿张小云，拿着电话琢磨了半天，最后还是放弃了。他估摸着当老师的张小云现在应该在上课。

张大海猜对了，此刻的张小云的确正在给学生上课，他

就算给她打了电话她也一定不会接。她正拿着课本,在课桌间来回走动,大声念着:"商鞅变法的措施,第一是承认土地私有,允许自由买卖,第二是奖励耕战……"

张大海以前偷偷去五中看过张小云上课的模样,回来以后在小区里嘚瑟,说,我女儿上下五千年什么都懂,国家公办学校的老师,以后桃李满天下。

张小云气质温婉,是张大海最引以为傲的孩子。她三十出头,是花岩区第五中学初中部的一名历史老师,国家编制,不像他张大海,百味倒闭的话,他就只能在家抠脚。她的人生轨迹完全符合张大海对她的期望,中学是一中毕业的,成绩名列前茅,高考填志愿时,原本有机会上更好的综合类大学,却想也没想就报了省城的师范大学,一来目标明确,要当老师,这个世界上最体面的职业就是老师,谁不读书呢?二来学费低一些,每个月还有生活补贴,张大海只用管她的学费。她几乎没怎么让家里操心过。

二女儿张小穗比姐姐漂亮,像素平却又不完全像,她更跋扈嚣张,是一种侵略性很强的美。每次张小穗回家,街坊邻居无一例外都要夸"小穗越长越像她妈,漂亮"。她在飞歌KTV做前台,下午四点上班,负责接待顾客,帮他们安排房间,忙的时候还要帮帮服务员上果盘。都是自己养大的女儿,张小穗却不如姐姐张小云省心，打小就不爱读书，不让干吗就偏要干吗，中专毕业以后打一枪换一个地方，"飞歌"是她待得最久的单位了。这工作在张大海眼里也不体面，每每有人问起，他就说："哦，小穗啊，在'飞歌'当财务。"张小穗懒得戳穿他，她清楚得很，对付张大海最好的办法就是闭嘴。正面刚，是刚不过的，毕竟那是她老子，更何况她心里有"鬼"，偷摸谈了个男朋友，是个名叫高强的四十开外的男人，这要让老头知道了，高低得有一场恶战。

张大海把通讯录滑到张小穗的名字，琢磨着是不是得通知一声，再由张小穗当个传声筒讲给张小云。他总觉得张小云不算亲近，可能跟她老师的身份有关，总是隐隐约约有种疏离感，或许她们姐妹之间聊起来更痛快。但想想，算了算了，也罢也罢，告诉她有什么用，一个KTV的服务员，打临工的，说让滚就得滚，正经工作都没有，能对付得了癌？

这时，高强刚好来到"飞歌"，假装顾客憋着嗓子对张小穗说："小姐，我要一个大包。"

张小穗正接着订房的电话，没听出他的声音，她快速地查了一下，头也不抬地问："大包和VIP包厢都还有，你多少人？"

"我就两个人，一个我，一个你。"说罢，他轻佻地伸

手捏了一下张小穗的屁股,哈哈大笑起来。

张小穗一惊,抬头见是高强,一拳头捶过来,嗔怪他吓着了她。两人旁若无人地打闹了起来。

不远处年轻、健壮的保安可乐偷偷看着他们俩,面露不悦,当然,在这公共场合,还正上着班,你这么肆无忌惮地打情骂俏,谁都会不悦吧。

张大海坐在医院外的走廊长凳上,半晌之后起身走了。他没有通知大女儿和二女儿,自然更不会告诉小儿子了。小儿子便是张小安,聋哑人,年纪那么小,这辈子还没过过几天好日子,跟他说有什么用,发微信聊起来也费劲。

张大海站在医院门口,沉沉地叹了一口气。

那个年代倡导"只生一个好",他却有这三个子女,成了不少街坊邻里羡慕的事儿。

张大海回到家,医生的话仍在耳边回荡不休,三十万,房子能不能卖三十万还是个问题,后续治疗更是没完没了,然后呢,就能再撑三年。他合计着自己用三十万换这三年的价值,三年后的张小云,按她的能力与水平,三年后想必已经当了年级主任吧,工资应该涨了一些,估计也有底气生二胎了;张小穗如果懂事的话,三年搞不好能读个函授出来,就算是个"水文凭",找个稍稍像样的工作总归可能性更大一点吧,唉,也难,前二十几年都不懂事,狗改不了吃屎,只求她三年时间能换个他好意思说出口的工作;张小安呢,他一直跟张大海说自己在武陵区的一家上档次的饭馆当厨子,却不让张大海去看他,再等三年,如果他能提高提高业务水平,兴许能去新都宾馆当主厨,那以后不愁吃穿了,攒点钱,再找个老婆,对素平也有了交代。想着想着,张大海不禁笑了起来,如果再挨三年,这些都是有可能看到的。不然,半年就拍拍屁股走人,终归是不甘心的。

他环顾四周,发着呆,家里墙面斑驳,家具陈旧,但收拾得十分整洁。客厅的墙上挂上毛笔字:"说老实话,办老实事,做老实人"。

桌上是刚炒的一盘青椒炒蛋,盛了一碗白米饭,张大海边吃边抬头看了看素平的遗像,自言自语地说:"嘿嘿,想不到啊,素平,咱俩快要见面喽,但我……还真不那么想走啊。"

他倒了一杯酒。

客厅桌上的全家福,是他与子女们一家四口。他想了想,这还是张小安刚从特校毕业时一家人拍的,他笑得很灿烂,但仔细看看,孩子们的表情却各有不同——小云一如既往地礼貌微笑,她总是这么温婉有礼,嘴角扬起的角度一分不多一分不

少，却看不出真正的开心；小穗没有笑，有种不耐烦的神色，仿佛摄影师刚说"OK"，她便可以如同闪电那般消失不见，倘若再多拍几张，想必是要骂街了；小安的眼神更是奇怪，迷茫得就像一只小兔找不到回家的路，或许是毕业以后即将独自面临人生的惶恐吧，在那之前，他一直活在张大海的庇护下，一家子都为他学会了手语。

还有三年，这张照片就会被他们擦干净，收拾起来了。

张大海举起酒杯，一饮而尽。

五中的教室里，张小云正一笔一画地写着板书。

台下一些学生捂着嘴笑，张小云一开始并不觉得异常，只当是学生不认真，在讲小话。五中虽是公办，但都是一中二中落榜的小孩，家庭条件又不允许上民办的芷沅中学，就全被划分到五中来接受义务教育。这些小孩，不乏有些遗珠，但大多数秉性顽劣，明白未来就读个中专开始闯社会，不犯大事混个毕业证就阿弥陀佛了，尤其是张小云这种温文尔雅没有杀伤力的女老师，根本入不了他们的法眼。直到她转过身，学生们依然在笑，她走下讲台，走到学生中间，背后的另一些学生又开始大声笑，她才感觉不对劲。她伸出手在背后摸了摸，发现不知什么时候背后贴了张字条，字条上写着"一百一晚"。

张小云眼前一黑，不听话的学生不算什么，你们混，我也混，你们混个初中毕业证，我混个平平安安送佛送到西，井水不犯河水。但今天算怎么回事，不治治他们，那就离大谱了。

全班哄堂大笑，为首的刘彬笑得最为放肆。

张小云气得喘粗气，缓了缓，冷静地问："刘彬，是不是你干的。"

刘彬油腔滑调："不是啊。"

张小云一口咬定："肯定是你。"

刘彬一点也不怕她，反倒被激得更来劲了："张老师，你有证据吗，凭什么说是我啊？"

笑声此起彼伏。

下课铃响起，窗外的学生涌动，嘈杂声传来，教室里的学生纷纷准备起身，根本没人在意就在五分钟前，眼前的这位历史老师被学生羞辱了。

张小云走上讲台，怒气冲冲地把书朝讲台上一摔，严厉呵斥："查不出来是吧？那就耗着，看谁的时间多。"

大家又只好翻了个白眼，坐回座位。

一个班五十多人，有学生样的小孩一只手数得过来，张小云想起刚来五中的时候，还是带着点儿理想和抱负的，她看过《放牛班的春天》，始终相信人性本善，孩子嘛，调皮是因

为没有遇到懂方法的老师,只要有足够多的爱和包容,日复一日,不抛弃不放弃,总能改变他们的。现在她疲了,面对这些嬉皮笑脸的小孩,她现在开始相信有些小孩天生就顽劣,如来佛祖也改变不了,五指山下压五百年,放出来了依然能大闹天宫。而且,"一晚一百",是什么样的教养让这十来岁的小孩对自己的老师写出这样的话。想起刚办完入职,张大海的兴奋劲儿,仿佛女儿已经变成了居里夫人,名垂青史,流芳百世,他逢人就炫,炫得张小云一度真以为五中是全世界最好的单位,而现在,她真想问问张大海,五中的孩子这样说你女儿,你后悔吗?

刘彬继续跟张小云针锋相对:"我今年十三岁,你说谁的时间多。"

又是一阵哄笑。

张小云不动声色,盯着全班学生,依然没人站出来认错。她始终是得维持着一个老师的自尊,不能跟学生对骂,但往往这样,你不妥协,就更下不来台。

这时有个男生没了耐性,他起身,背起书包。

"是我是我是我,行了吧,烦死了,我要上厕所去了。"说罢,男生大摇大摆地出去了。

接着又有个男生效仿:"是我是我是我,饿死我了。"

紧接着，好几个男生起身承认是自己干的，嬉笑着朝教室外跑去。有人开了头，全班学生也便一窝蜂冲了出去，只留下张小云一个人。

张小云在讲台上站了许久，最后气得把教案狠狠拍在桌上，好半天才缓过来。

下午最后一节课刚上完，张小云没有在学校食堂吃饭，也没有回家做，而是着急忙慌地坐了半小时公交车赶来市区略偏僻的盘龙招待所。

她本来打算干脆不吃晚饭了，就当减肥。可下了车又觉得饿，她怕一会儿低血糖扛不住，见路边有卖煎饼的，赶紧买了一个榨菜肉沫馅的煎饼站在路边吃了起来。仗着这里距离五中很远，很难遇见熟人，便狼吞虎咽起来，路边没有镜子，她脑补了一下自己的吃相，没忍住笑出了声。她清汤挂面的发型，白色衬衫，看起来像极了电视里那些做访谈节目的主持人，在五中也是比较出挑的外形，她也一直配合着这样的人设，一举一动一颦一笑都克制收敛，生怕被人嘲讽你一个老师怎么还有这一面。

她吃完煎饼，打开包，却没有找到餐巾纸，她明明记得今天在食堂吃饭的时候多抽了几张纸巾放进包里备用了，可这

会儿就是死活找不着了。她四处看看，用手擦了擦嘴，路边有棵硕大的杉树，她捡了片叶子擦了擦手上的油，然后若无其事地走进了盘龙招待所。

招待所的地下室被改造成了一个大会议室，会议室里面放了数十个板凳，此时人满为患，张小云有些羞涩地选择了最后一排靠门的位置，手里拿着纸笔做记录。讲台上用投影放着幻灯片，主讲人是一个干练的短发女子，投影放映的是产品的介绍与仓库视频，产品名称是"春潮玛咖胶囊"。

主讲人激情万丈："大家可以看到，视频里展示的就是我们的云仓，每天都会给全国各地的代理和无数客户大批量发货，很多明星都用我们的货，只是不好意思讲，毕竟夫妻生活的事肯定难以启齿的，但是，这也给我们提供了商机，那么到底有多少夫妻在性生活上存在大大小小的问题呢，我们来看这一组数据，这个百分比是很吓人的……"

张小云拿着笔记录着。换作从前，她一定会被这个主讲人浮夸的演讲方式逗乐，网上很多人模仿与吐槽。那时，她只是一个普通的网民，也拿着手机嘲笑过，她是五中的老师，必然是有些优越感的，她怎么也不会想到，有一天她也会坐在这里听着这浮夸的演讲，甚至也认真地做着笔记，就像听一场省城来的特级教师的公开课。

电话响起，是张大海。

张小云蹑手蹑脚地走出去，站在昏暗的走廊里小声接电话，她又朝更远的地方挪了挪，演讲声很大，她不想让张大海知道她在上微商培训课，堂堂五中历史老师，熟读上下五千年，来这里学习怎么兜售壮阳药，成何体统。她几乎都能想象得到张大海会怎么咆哮。

"爸，有事吗？"

"都一年没回家了，明天我去看看你，给你带几个菜。"

"最近学校请了省里的老师搞业务培训，我怕……"

"就这么定了。"

张大海挂断了电话。

张小云背靠在走廊的墙上发着呆。

省里的老师搞业务培训？

呵呵，张小云啊张小云，现在真是张口就来啊。

晚饭时间，张小穗请了假，今天是她和高强相恋一周年纪念日，她打算庆祝一下。但她只请了两小时假，"飞歌"生意好，人手少，老板器重她，刚涨了工资，现在正是她图表现的时候。两小时也够了，高强说新开了一家土菜馆，主打吃鳝鱼炖钵，都是野生大黄鳝，乡里的土腊肉切片，炭火一炖，太上老君见了都流口水。张小穗原本没兴趣,这种口味菜,从小就没缺过,老爷子是大厨,常德厨子哪有不会做炖钵菜的,虽然不是大富大贵的人家,但每周一钵子桃源土鸡或是石门肥肠那绝对是基本操作了。她更想去一家西餐厅,和高强面对面坐着,装模作样喝杯红酒,吃个五分熟的牛排,谈个恋爱,吹吹空调,聊聊情话,而不是去土菜馆大汗淋漓地吃炖钵,聊天得扯着嗓子喊,一点儿情趣都没有。但是高强说,在常德吃什么西餐,以后带你去法国吃正经西餐,一点儿不带改良的,牛排都是听音乐长大的牛,一口吃下去爆汁,常德的西餐能吃吗,新开的那家用的合成肉做牛排,刚被电视台曝光了,就能骗骗你们小姑娘。想想也对,万一西餐没吃饱,回来上班还得点外卖,那这个纪念日也过得太不着调了。

高强开着车,张小穗坐在副驾驶座玩手机游戏,她漫不经心地跟高强聊着天。

"你要是不还钱,我就杀了你。"张小穗的语气看似娇嗔,却又像在警告。就在三天前,高强找她借了五万块钱,说是做生意周转,下个月就还。这高强怕是掐指算过的,张小穗没存多少钱,刚刚好就这五万,她想也没想一次性打给了他,平日里高强待她不错,两人谈恋爱从没让她掏过钱不说,常常嘘寒问暖,甜言蜜语是挂在嘴边的,隔三岔五点个奶茶或者双皮奶送到"飞歌",小姐妹们羡慕得不得了。

高强赔着笑:"你舍得啊?"

张小穗杏眼一瞪,继续玩游戏:"当然。五万呢,能买你十条腿,你有这么多腿啵?"

"放心吧宝贝儿,下个月就还,答应你的,还能有假,亲亲。"

高强凑过来亲吻张小穗。

张小穗笑着推搡:"讨厌,看路!"

高强抬头,瞥见了马路对面的人群,突然慌张地急转弯,进入另一条道。

张小穗尖叫:"你干吗!"

车疾速撞上了消防栓,轰的一声停下,消防栓里的水像喷泉一样冲了出来。

高强喘着粗气,一脸惊恐。张小穗摸了一把额头,有血。

她再度尖叫起来。

医生给张小穗包扎伤口,没有受伤的高强很是愧疚,只能跑前跑后缴费。

高强办完手续,想说点好听的话哄张小穗开心,平常小事惹她生气了,只要态度真诚地画画饼,语气坚决地海誓山盟一下，都能对付过去。但他刚凑过来，突然张小穗的电话响了，是大姐张小云打来的。

张小穗没好气地接听："喂。"

她原本没心情接这个电话，已经很久没跟大姐聊过天了，虽然自己在"飞歌"算个"社牛"，但面对这个正经、严肃的榜样大姐，她总是有些莫可名状的恐慌，能够微信语音说清楚的事情绝不打电话。更何况今天这个特殊情况，明明可以开开心心过个纪念日，却见了红，倒霉到家了。看见高强那副谄媚的笑呵呵的脸，她不知为什么突然心生厌恶，他凑过来的那一瞬间，她猜得到又会听到那些换汤不换药的甜言蜜语，额头正疼着呢，心情正糟着呢，再甜的情话都躭得慌。张小云好巧不巧这时打来电话，她顺手就接了，高强又识趣地走开了。

电话那边很安静，张小云的声音很小："爸爸跟你联系了吗？"

"没有，我生日他都没个电话，我在他心里还不如一只白鹤山的土鸡。"

张小云似乎已经习惯了张小穗这些不着边际的比喻，她也懒得计较，继续自顾自地说道："他说明天来找我，不知道什么事儿。"

张小穗用手扶了一下额头，一阵生疼，她咬咬牙，回答说：

"能有什么事儿,想女儿了呗。"他从没来找过张小穗,他嫌这儿上不了台面,去五中看看大姐,合情合理,她早习惯了。

"无事不登三宝殿啊……"张小云有些担忧。

"行了行了,我忙着呢,晚点回你。"

张小穗挂断电话。她不想在自己倒霉的时候听到任何关于张大海的消息,虽然她并不知道是好消息还是坏消息,但她的经验告诉她,在不知情的情况下,一概当作坏消息处理。不然能是什么好消息,从小到大,她就没从张大海嘴里听到过什么好消息,这些年下来,他传达得最多的只有一个中心思想,那就是——张小穗是个不争气的人,如果是别人家的女儿,他应该会称之为垃圾。

医生见她平息了一些,继续给她涂药,双氧水一碰伤口,一阵刺痛,她倒抽一口凉气,然后恶狠狠地瞪了一眼高强:"我要是破相了,就阉了你。"

高强例行公事地哄着她:"没事的,医生都说了个把星期就好了,对吧医生?"

医生点点头:"没什么问题,注意别沾水。"

张小穗白了高强一眼。

张小安来到一栋居民楼下,停好电动车,拎着外卖袋朝

前走。手机振动,他看了看,是买家通过外卖平台发来的信息:不要上楼!不要上楼!我怕我妈知道!

正疑惑着,楼上扔下来一个小纸团,砸中张小安的头。

张小安抬头,三楼窗口站着个胖姑娘,朝他挥手。

胖姑娘做出"嘘"的手势,小心翼翼地放下一个用绳子系好的篮子。

张小安笑了笑,把外卖放在篮子里,胖姑娘收上去,然后对张小安比了个"耶",欢天喜地地关上窗户。

送完一家又一家,张小安来到新一村附近,把电动车停在爱丽丝发廊的路边。他摘下头盔,快步走到发廊门口,敲了敲玻璃门,然后轻轻推开,脸上露出灿烂的笑容。

几个洗头妹正围坐在一起聊天,有的在涂指甲油,有的滔滔不绝说着昨晚追的韩剧,听见敲门声后纷纷朝门口看过来,见是张小安也都笑了。

其中一个身材丰腴、穿着银色亮片吊带的姑娘笑着说:"帅哥,洗头吗?"

张小安有些害羞地笑了,用手语问道:"她呢?"

亮片姐跟张小安已经相当熟悉,每天这个时候他都会准时过来送奶茶,她也打了个蹩脚的手语,应了一声:"等下。"

她走进洗头间,带着同样是聋哑人的丽丽走了出来。丽丽小巧、清秀,打扮朴素却又有点小心思,比如那个水晶发卡,小小的别在头发上,给她并不引人注意的外貌增色不少。她是张小安的女朋友,这是得到了"爱丽丝"的小姐姐们认可的。丽丽来这里不到一年,勤快好学,老实巴交,幸亏有小姐姐罩着,不然聋哑人的她会吃更多苦。

丽丽是不幸的,但又是幸运的,很多健全的女孩子,也未必能每天等到心爱的男孩送来的一杯奶茶。

两人走出去,在发廊门口用手语聊了起来。

丽丽一脸疑惑地问:"我不是说今天不想喝吗?"

张小安拿出几杯奶茶,递给丽丽,丽丽却有些不情愿地接了过去。

张小安:"你不喝,给她们啊,她们很照顾你。"

丽丽继续埋怨着:"她们最近都减肥呢。"

张小安:"这家很好喝,没那么甜。"

丽丽点点头,然后说:"晚上我不跟你吃饭了,活儿干不完。"

张小安:"好的,别太辛苦了。"

他心疼地捏了捏丽丽的脸,便骑上电动车,回头开心地朝丽丽挥挥手,然后离开了。

丽丽看着张小安的身影，不经意地叹息了一声，转身回了发廊。小姐姐们见大家都有份喝奶茶，瞬间簇拥过来，欢天喜地，一人一杯，大家你一言我一语地聊起来，吵闹着说让丽丽问问张小安，还有没有他这样长得好看且不能说话的男孩可以介绍过来。

亮片姐哈哈大笑地感叹道："男人啊，最好的医美是闭嘴。"

丽丽也知道她们并没有恶意，笑了笑插上吸管，喝了一口，撇撇嘴：骗人，还是很甜！

见完丽丽，尽管没有什么太多交流，甚至能隐约感觉到她并不那么热情，但张小安依然像是打了鸡血似的喜笑颜开，如果他会说话，想必已经迎着风大声唱歌了。她或许只是常态的忧郁吧，毕竟他们这样的人，一不留神就胡思乱想了。

张小安想，以后得多去陪陪她，让她没空胡思乱想。

目的地到了，他把电动车停在路边，从后箱里拿出一袋外卖，走进临街的一栋楼，快步上楼。

有个身材略有些发福的中年妇女大步流星地走到电动车旁，见张小安已消失在楼梯口，便偷偷走过来，打开后箱，翻了翻，瞅了一眼订单，然后拿走了其中一个袋子，快速离去，一番操作毫不慌张，一看便是老手了。

张小安送完这一单，回到车边，见后箱的盖子打开了，赶紧仔细查找，对照自己的接收单，发现弄丢了一份奶茶。他着急地四处看看，无可奈何。不是第一回了，只怪自己大意，忘了上锁，自认倒霉吧。

他赶紧通过平台发了条信息给顾客：对不起，您的奶茶弄丢了，能不能再等等我，重新再买一杯，不好意思。

这不是第一次丢外卖，偶尔会遇见体恤的顾客，但很多人都会恶语相加，他又不愿解释自己的难处，只能打碎牙往肚里吞。

没想到对方回复了一句：没问题，辛苦了，你能为我画一只约克夏吗？

约克夏？

约克夏，不就是那种长得像个小姑娘的狗吗？

画一只约克夏，太容易了，还以为高低得给他一个差评呢。真是一个可爱又奇怪的买家，让人不禁想看看这是个什么样的人。

张小安对着手机笑了笑，外卖被偷带来的阴霾一扫而光，起身扶好车，骑车离去。

重新拿了一份奶茶，张小安找到这家公寓。

他敲了敲门，里面音乐声很大，他把手贴在门上，感觉到了有韵律的震动。然后，他再次用力敲门，但始终被音乐声盖过了。他想了想，拿起手机，发了条信息告知对方，他已经在门口了。

许久，终于有人开门。

顾客是个女孩，她手里拿了个相机，靠在门边，连声道歉："对不起啊，没听见，听歌听嗨了。"她接过张小安手里的奶茶，抬起头来，两人都有些惊讶。

竟然是在米粉店拍视频的小篆。

"是你！"她指了指张小安的脸，很是兴奋。

张小安也认出了她，咧开嘴笑了起来。

小篆突然放下奶茶，举起相机，对着张小安拍了一张照片，他被闪光灯吓了一跳。

小篆拿着相机，看了看拍好的照片，然后俏皮地笑了笑："对不起啊，吓着你了。"

张小安有些害羞地点点头，手机振动，响起催单的提示，他抱歉地鞠了一躬，匆匆离去。

小篆打开装奶茶的袋子，里面有一张纸，上面画了一只可爱的约克夏。她拿着那张纸，开心地朝外跑去，但电梯门已经合上。

这人真有意思,说画约克夏,真画了只约克夏,画得还挺好。

小篆拿着那张纸,靠在电梯口发了会儿呆。

第二章　秘密

大雨倾盆,打在脸上阵阵生疼。张小安穿着雨衣,小心翼翼地开着车,迎面而来的雨水就像一只巨大的手掌,在阻挡着他前进。好不容易到了目的地,他把车停在酒店路边的公交站旁,然后拎着外卖盒走进酒店,小心翼翼地把雨衣脱了放在酒店门口的地上。

前台服务生拦住了他。

服务生的腔调像极了机器人:"不好意思,外卖只能放前台,然后您通知他下来取。"

张小安有些着急,拿出手机给服务生看,是买家发来的短信：我不方便下来，麻烦送到304房间。

"这可不行，我们有规定。"服务生的机器人腔调不依不饶。

情急之下，张小安从胸口的口袋掏出一个纸牌，上面写着：你好，我叫张小安，我是聋哑人，请多关照。

张小安很少拿出这张纸牌，尽管这或许能给他的工作增添不少便利，但他总希望在别人不知道他是聋哑人的情况下完成任务。因为那就像一个标签，一个道德武器，仿佛在向大家宣告"我是个残疾人，你们不给我方便就是没有良心，就是没有同理心"。他宁愿麻烦一点、拧巴一点，也不想成为那种绑架他人的始作俑者。但遇到这种不讲道理的"机器人"，他被逼无奈，只好用这样的身份来获取一张廉价的通行证了。

他带着些乞求的神情，心里有些焦急，这一单很快就要超时，而下一单的买家已经在催了。

"机器人"仔细看了看纸牌上的话，有些不好意思了，只好放行。

张小安高兴地快步冲进电梯，到达三楼，走到304房间门口，看了看表，拳头紧握地踱来踱去。

还好还好，再晚两分钟就要超时了，有的顾客可不管下没下雨，下刀子你要迟到了也会投诉给差评，一天便白跑了。

门打开，张小安正要把外卖递过去，抬头却看见是丽丽。丽丽也愣住了，紧张得不敢伸手。

一个光着上身、穿着短裤的男孩走出来，有些不耐烦地念叨着："怎么等这么久啊，饿死了。你这小哥也真会掐点，我买了准时宝，再晚两分钟可就要赔钱了。"

张小安和丽丽依然原地不动，大家都瞬间明白了这是什么情况，可谁也不知道如何打破这个僵局。

那男孩浓眉大眼，额头前有一撮黄毛，他见丽丽和外卖小哥面面相觑地傻站着，继续嚷嚷道："怎么还不拿过来，给你差评啊！"

张小安突然爆发，把外卖狠狠地摔在地上，扭头就走。

"喂！什么意思啊！送外卖的也这么贱啊！我要投诉你！"黄毛男孩欲追过来，却被丽丽死死拉住，她着急地对着男孩摇摇头。

张小安怒气冲冲地走进电梯，电梯门合上的一刹那，他动了回头去把黄毛男孩揍一顿的念头，但理智在短短的三秒钟里战胜了他的冲动。他并不了解丽丽，他对于丽丽最大的信任来自于他们拥有同样的命运，他总觉得这注定了他们俩未来的人生会携手共进，他突然发现除此之外他对丽丽没有其他的了解，甚至都不知道这个男孩是不是比他更早和丽丽相爱。两个人一起打过手语就得天荒地老吗，没有这个道理。她虽然跟他一样，但她想找个正常人，有什么错，送了几次奶茶而已，还好意思谈什么相濡以沫。

新的一单在催了，赶紧的吧。张小安忍住眼泪，冲出电梯，却发现放在宾馆门口的雨衣不知去向，问服务生，服务生忙着接待客人根本不想搭理他。

他只好作罢。

祸不单行，张小安冒着雨走到电动车旁，却发现因为违规停车被锁了。

他蹲下来用力掰了掰地锁，纹丝不动，无奈地一屁股坐在地上。大雨没有丝毫要停的意思，仿佛在为这倒霉的一天奏乐。

他的手机收到短信：你好，订单号38746837被顾客投诉，您需要赔付此次订单的餐费98元，并被处罚200元，您可在24小时之内进行申诉。

张小安看着短信发呆，这时社区保安来了。

张小安用手语询问："你好，请问可以帮我解锁吗？"

保安见是聋哑人，愣了一下，然后大声地边比画边说："你这乱停放，按咱们这儿的规定得罚两百，听没听明白啊，你，违停,要罚两百。"

张小安不懂保安的意思,用手语解释道:"我刚才送外卖,所以来晚了,真的很抱歉,能不能网开一面?"

"什么意思啊,不想出钱,车就得扣这儿了!两百!明白了吗?给两百,放你走。"

两人在雨中互相不理解对方的意思,保安气冲冲地走了,只剩张小安站在雨中,他使劲拽着自己的车,可那锁纹丝不动。他浑身被淋得透湿,绝望地坐在地上。手机振动,是张小穗发来的:最近跟爸联系没?

张小安喘了喘气,回了一句:没有。

他抹了一把眼泪和脸上的雨水,一拳砸在电线杆上。

好几年了,这个梦一直反复折磨着张小安。

阴暗的楼道里,他推开一扇又一扇门,寻找着藏身之处。尚显稚嫩的他被几个高大的少年一路追赶。无论他躲藏在哪里,最后总是会被他们抓住。他们把他摁在地上,一拳又一拳的打在他身上,他无法挣脱。带头的男孩把精疲力竭的他拖进宿舍,关上门,他蜷缩在墙角,害怕地看着他们。那男孩走过来,阴森的笑容,被月光拉长的影子,离他越来越近。

醒了。

张小安坐了起来，浑身是汗，发出压抑、害怕的嘶吼声。

好友花炮和他合租在一间狭窄的小房子里，睡高低床。

花炮是个孤儿，是张小安在特校认识的朋友，但他并非残疾，而是在学校打零工。

张小安毕业后，花炮跟他一起离开特校，两人一起做了骑手，花炮是张小安与外界发生关联的纽扣，也是他唯一值得信赖的朋友。

被噩梦吓醒的他起身，跌跌撞撞闯入浴室，打开淋浴，冲洗着自己的身体。

花炮被吵醒，他揉了揉眼睛，探出头看了看，然后爬下床，走到浴室门口。见张小安在淋浴下瑟瑟发抖，花炮慌张地伸出手一摸，滚烫的水让他像触电似的弹开。张小安身上已经被烫得泛红，花炮赶紧关了水，拿出毛巾为他擦干身体。

张小安颤抖着，大口喘气。

花炮紧紧握住他的手。

花炮的手语很是熟练，他问："又做梦了？"

张小安好半天才缓过神来，他点点头。

花炮拍了拍他的头，用手语安抚道："别担心了，已经过去很久很久了。"

张小安发着呆，许久才平息下来。

等张小安躺好，花炮才敢回到上铺，他时不时担忧地探头看看，这不是张小安第一次失控了，幸运的是，每次都有花炮在。他们没有太多的客套与算计，都是不被命运待见的小孩，都是从泥潭里爬上岸的勇士。这些年花炮事无巨细地照顾着张小安。他们很清楚，在面对世界的时候，花炮是捍卫者，只有他们俩的时候，他就是这个世界。

张小安安静地蜷缩在床上，他打开台灯，从枕头底下拿出一张明信片，是一张日出的图，光芒万丈，很美。

他看着这张明信片慢慢入睡。

油烧热，五花肉下锅，张大海动作娴熟。

辣椒炒肉是湖南的名菜，最简单的食材，却是最见功力的一道菜。肉要用五花肉，不必腌制，他总觉得腌过的肉已经没有肉本身的鲜味了，辣椒要用上好的樟树港辣椒，个个饱满，清油发亮。现在有些餐馆喜欢放点白木耳和榨菜丝，张大海不放，辣椒炒肉，就是辣椒炒肉，只有辣椒和肉才对嘛。

张大海把炒好的辣椒炒肉盛入保温饭盒内，小心翼翼地盖上。这不是自己吃的，自己吃，就买附近菜市场一块钱一斤的青椒了，樟树港辣椒比肉贵呢。

他走出自家厨房，听见屋外叽叽喳喳的声音，没好气地哼了一声。

张大海住在鼎城区一个老旧的小区，镇上不少小区都拆迁了，重新修建了威武摩登的商品房，但他住的这一片区域比较靠近郊区，数十年下来，还是老样子。他住的这一栋是个八层高的老楼，此刻外面聚集了不少小区的业主，围绕在一楼张大海家的门外，一片叽叽喳喳的声音，隐隐听得出一些愤怒的意味。

人群中有个摄像师扛着一台机器拍摄张大海家的阳台，阳台上摆满了多肉与兰花，收拾得整洁。

一名拿着话筒的出镜女记者对着镜头开始介绍："各位观众，这里是常德公共频道《万家灯火》栏目，我是小倩。这是一栋有着二十年历史的老楼，近日，业主们向物业提交了安装电梯的申请，但是大家却没想到，这件大好事却并没有这么顺利……"

记者把话筒伸向旁边一位略有些激动的胖阿姨。

胖阿姨指了指张大海家的阳台，对着镜头大声咆哮："你住一楼方便了，我这么大年纪天天爬六楼，作孽啊！"

"他为什么不同意呢？"

胖阿姨一声高过一声："不晓得原因，他就说，我不同意，等我死了你们再装！"

"是不是因为钱的问题呢？"

一个五十岁上下的油头男子挤进来抢话，回答记者："肯定不是，我们都说了不让一楼出钱，大家都是通情达理的人，但他就是不答应！"

记者示意摄影师也把镜头对准越说越激动的油头男，然后继续说："但我们咨询了律师，只要超过90%的人同意了就可以安装。"

胖阿姨挤开油头男，对着镜头说："物业说不行啊，我们这个楼格局有点怪，装电梯需要动他们家阳台，其实并不麻烦，但他不配合就没办法装。"

油头男手舞足蹈地抢镜："你说这个世界上怎么会有这么自私的人！"

众人议论纷纷，见到记者像是找到了救命稻草。

这时，张大海拎着保温饭盒，推开门走了出来，众人见到他顿时鸦雀无声。他环顾四周，大概明白这些人来的目的，但他不动声色，视若无睹地朝前走。

邻居们小声嘀咕着："出来了，出来了。"

记者跟上前，将话筒递过去："张先生您好，能打扰您两分钟吗？"

张大海看了看记者，不耐烦地问："干什么？"

"我们想要了解一下为什么您不同意装电梯……"

"没有原因，我不想装。"

"您看大家都是老邻居了……"

"既然投票，我有没有一票？"

"有……"

"那我这一票作不作数？"

"作数。"

"那你还问什么？"

张大海大摇大摆地离开了，只剩一堆人仍旧在抱怨着。记者尴尬地拿着话筒，明显被张大海这不怒自威的气场给唬住了。她不敢再上前追问了，这个倔强的老头，一看就不是好惹的人，万一吵得不可开交，人家朝地上一躺，没个万儿八千可脱不开身。

张大海穿过小区的草坪，看见楼上的老邻居马宝莲正跳着广场舞，一群大妈，就马宝莲一个老头，马宝莲一看就是个抢手货，穿得妖娆，舞姿曼妙，昂首挺胸地迈着舞步穿梭在大妈们之间，像一只嘚瑟的花蝴蝶，朵朵鲜花都争抢着做他的舞伴。

马宝莲见张大海路过，边跳边大喊一声："张老倌，你出名了嘞！"

张大海停下脚步，瞥了他一眼："出什么名？"

马宝莲一转身，挥舞双手，几个姿势一摆，老胳膊老腿差点没站稳，还好有多年广场舞的经验打底，气势足，动作也专业，一点点瑕疵不影响大妈们鼓掌喝彩。他一副见怪不怪的神奇样，继续冲着张大海说："还不是装电梯的事，听说他们叫了电视台的，采访你了吗？一播出你就出名了啊！比我马宝莲还要红，哈哈哈！"

两个老头对视一眼，哈哈大笑。

张大海转身准备走，突然又跑向马宝莲，踹了他一脚，然后得意地撒腿就跑。

马宝莲一个趔趄，差点摔个狗吃屎，气得叉着腰大骂："张大海你个老不正经的莽夫！一群人想剁了你！电视播了你就臭名远扬！臭气熏天！臭得你儿女都不敢回来！"

张大海回头笑道："哈哈哈！关你什么事！"

马宝莲懒得再跟他打嘴仗，一群火辣辣的大妈正缠着他。这个小草坪是他的广场舞帝国，大半辈子没混出什么名堂，老伴走了以后迷上跳舞，靠着多年前文艺兵的底子硬是在晚年"出人头地"了。他不但跳得好，情商还高，再笨拙的老太太，

他即便是嫌弃也不露声色，反而满口夸赞"好好好你看刚才路过那老头眼睛都拉丝儿了""这放三十年前你就是中国的多丽丝·拉维尔"，而且他雨露均沾，从不固定舞伴，用心扮演着小区的顶流"爱豆"。既然是"爱豆"，那必然是靠粉丝养活，马宝莲这几年，身上穿的，脸上涂的，老太太们轮流送，谁家做了点什么好吃的，一定是第一时间盛一碗送到他家。他还跟张大海吹牛说："晓得什么叫'雌竞'不？我这是在攒功德，不然她们一个个的，多无聊，无聊就死得早，现在，你看她们还想死啵？"

于是，马宝莲克制住脾气，笑嘻嘻地配合着音乐，又来了几个唬人的舞蹈动作，欢呼声再度响起。他瞥了一眼张大海的背影，嘀咕一句："我才不跟你一般见识！"

恰恰恰！又是一个优美的动作。

像两个小学生，简直了。

五中的教学楼，书声琅琅。

张小云讲着课，路过刘彬的课桌，刘彬拿起钢笔对准张小云的后背甩出墨水。洁白的连衣裙上顿时出现十余个黑点，渐渐晕开。

见班上有同学捂嘴笑，张小云察觉不太对劲，她料想应该又被贴了字条，便伸手摸了摸后背，沾了一手的黑墨，连衣裙算是废了。

她瞪着刘彬，一遍又一遍地在心里默念不能失态，问："这次是你吧？"

刘彬坏笑着："不是啊。"

对付张小云，刘彬显然已经熟门熟路。

张小云继续隐忍着，但语气明显更加严厉地说："就是你。"

刘彬瞪着张小云，一副无赖的嘴脸，说道："你凭什么说是我。"

张小云放下手里的课本，淡淡说了句："你要是不想听课，可以不听，不要在这里搞七搞八。"

刘彬听罢，站起来朝门外走。

张小云拦住他："你干吗？"

"你说的啊，不想听课可以不听。"

"你给我坐回去！"

刘彬头也不回，大摇大摆地走出去。

张小云冲上前，拽住他的衣服，用力把他往回拉。

刘彬没料到张小云这次犯倔了，平日里一直忍气吞声，今天却一脸不弄死你绝不罢休的狠劲儿。刘彬那一瞬间竟然有

些慌了，于是拼命挣脱，想快速逃离教室，他没想到兔子急了咬人的力气竟然这么大。

两人撕扯间，班上同学不怀好意地起哄，刘彬更来劲了，生怕输了没面子，但越挣扎，张小云揪得越紧，她今天似乎是铁了心要在这些小王八蛋面前扳回一局。

一不留神，衣服撕破，刘彬飞了出去，摔倒在地，头磕到门外走廊的栏杆上。砰的一声响，隔壁班的学生都齐刷刷转头看过来，刘彬一下没反应过来，呆坐在地上，有个女同学突然尖叫起来，他额头上见了红。

张小云抓着衣服的碎布，愣在原地。

同学们面面相觑，今天这事儿，着实有点超纲了。

刘彬小心翼翼地摸摸头，见手上沾了血，哇的一声号啕大哭。

五中这些顽劣的小孩，在花岩区教育界是出了名的。但出名归出名，虽然都知道五中学生不好管，却也没人去解决。国外很多电影里都演过这样的情节——机智的老师来到一所垃圾学校，用他的爱感化了一群少年犯，最后个顶个地出息了，他们的人生都被改变，老师不放弃任何一个差生的伟大事迹熠熠生辉。然而电影就是电影，这种心灵鸡汤在现实里是很难复制的。张小云刚来五中那会儿,经历一些职业上的挫折之后,常常看那些鸡血电影来给自己打气,她总觉得这些小孩再坏能坏到哪里去,她也曾立志要改变五中的现状。直到几年前的一天,她带过的某一届,有个小男孩,不满十五岁偷开父母的车出去玩,出了车祸,幸运的是只是翻沟里去了,人没事。她当时兼着班主任,所以动身去家访,跟小男孩的父母聊聊。结果到了对方家里,还没敲门,就听见小男孩的爸爸在大声教育儿子:"你记好了,以后开车出事了,人和墙,你撞人,撞了人,爸爸给你赔钱,撞了墙,你会受重伤,爸爸会心疼。"

听完这番话,张小云便果断决定折返回去,放弃了家访。

也正是从那一天起,张小云开始了摆烂的心态,在五中挨一天是一天,反正该讲的课都讲,学生听没听进去,她再也不管了。

意料之中,不出半小时,刘彬的爸妈便杀到五中,横冲直撞地闯进办公室,指着张小云一顿大骂,刘彬妈还要上手,还好被其他男老师拦住。

刘彬妈的嘶吼声响彻云霄:"我要告到教委去!我要发微博!现在的老师越来越没名堂了!跟车匪路霸有什么区别!扫黑就该把你们这些人扫了!"

张小云安安静静地坐在办公桌前批改作业,对阵阵辱骂声充耳不闻，一副事不关己的姿态。

年级组长伍老师是个临近退休的老阿姨，教地理的，业务能力一般，但很擅长解决这些扯皮的破事儿，长得慈眉善目的，开口就是一副菩萨心肠，用教职工大会上校长的话来说就是"伍老师为五中遮风挡雨二十年"。遮风挡雨，挡的就是刘彬妈这种，伍老师苦口婆心地劝着，总算让刘彬爸妈暂时平息了怒火。

伍老师赶紧走进办公室，合上门，然后小声对张小云说："张老师，这事儿就这么了了，你道个歉，赔两千块钱，不然他们要闹到教育局去，对你对学校都不好。咱们得有大局意识，他们拍了视频，万一发到网上去，那这个事儿就大了，现在的网友也不管真相，上来就给你判刑……"

张小云头也不抬。

伍老师有些急，她催问着："你看呢？"

张小云抬头看了伍老师一眼，继续低头，细致地批改着作业，扔下一句："赔就赔，我不道歉。"

她的语气很硬，伍老师估摸着再逼下去，可能两千块也不肯赔了，于是叹了口气，离开了。她琢磨着如何委婉地代替张小云给刘彬爸妈道歉，并且又得合理地解释张小云不愿亲自来道这个歉。

这时，办公室的门再次被推开。

伍老师扭头对张小云说："张老师，找你的。"

张小云停下手中的笔，喘了几口粗气，然后终于爆发了。她怒吼着："现在这些孩子，父母没教好，在学校无法无天，老师还不能帮你管孩子了！这么忤逆的浑蛋，今天我要道了歉，等他长大了绝对杀人放火无恶不作！"她激动得把笔摔在桌上，不再顾及人民教师的形象了。

见对方没有还嘴，她补了一句："我把话撂这儿，刘彬现在没人教，以后有的是人收拾他！"

一看，门口站着的人是拎着保温饭盒的张大海，他四处看看，不知如何是好。

张小云尴尬地笑了笑，无地自容得恨不得一头撞死。

"爸，你来了啊。"

张小云的家就在学校附近，是学校半卖半送的房子，当年算赶上好时候，刚和王志鹏结婚时东拼西凑，把握了分房的好机会，硬是把房子买下来了。这是张大海最爱吹嘘的部分，没有房贷压力，公办学校教师的福利，加上王志鹏公务员的身份，尽管装潢简陋，但这妥妥占来的便宜，就是比那些豪华商品房来得更合算。

张大海打开保温饭盒,辣椒炒肉还是热的,然后又快速炒了个小菜,煎了两个鸡蛋。他和张小云一声不吭地相对而坐,各自吃着饭,略有些尴尬。

张大海边吃边东张西望。他很少来张小云家,女儿那种冷清清的疏离感,虽说挑不出什么毛病,但就是好像有种拒人于千里之外的意思,但他作为外公,之前倒是来看过很多次君君,那时候家里很热闹,小孩的东西扔得到处都是。现在家里倒是收拾得整洁,却显得像个样板间,不像一个家,他突然看见墙角整整齐齐堆了上百个药盒,顿时疑惑起来,刚想假装不经意地问一嘴,又意识到大中午的,却没见王志鹏在家,也是挺奇怪的。王志鹏在"清水衙门"党史办,是个闲职,看看报纸,整理整理资料,按时上下班,也不太可能有什么饭局,但今天从进门到现在,张小云却绝口不提他,也不知道是不是两口子吵架了。

"志鹏呢?"

张小云缓了缓,小声应了句:"哦,医院呢……照顾君君,中午时间短,就不回来吃中饭了,不用担心他,医院的盒饭能吃饱,还干净。爸,你不吃啊。"

张大海皱着眉:"我不饿。"

张小云轻轻抬起头,然后不紧不慢地问道:"爸,你来找我什么事儿啊?"

"你都好久没回家了,你不是爱吃辣椒炒肉嘛,我就晓得你懒得做。辣椒炒肉看起来简单,其实最难做,先放五花肉再放瘦肉,辣椒得用樟树港辣椒,你看看,这次的樟树港辣椒特别好,光吃辣椒都好吃……"

"我们学校食堂也做。"张小云打断了他。她知道他又开始嘚瑟起他的厨艺,那又怎么样,你能做满汉全席也罢,还不是在百味饭馆上班。辣椒炒肉能炒出一朵花来?张小云此刻有些心绪乱飞,没空配合张大海的热情,她并不相信张大海今天来只是为了送菜,但她猜不出到底是什么事,总不会是什么坏事吧,能比君君的事还坏吗?她不信。

张大海摇摇头:"食堂的油水哪行?"

张小云笑了笑:"芷沅的食堂好得很,我要不换个地儿?"

张大海脸一板,严肃地说道:"你想都不要想!缺钱跟我说。私立学校怎么能去,万一垮了怎么办?你可是有国家编制的……"

张小云苦笑一声:"医院天天赶我,我一个人民教师,快成老赖了。"

张大海看着张小云那副充满怨念的脸,然后又不安地瞥了一眼旁边堆着的药盒,叹了口气。他翻了翻口袋,找出几百

块，想要塞到张小云手里。

张小云见状，赶紧摆手："不行不行，爸，你千万别，我刚才没那个意思，我和志鹏还扛得过去的。"

"我有一阵儿没去看君君了，你给我拿着，给他的。"

两人推搡来推搡去，最后张小云拗不过张大海，只得无可奈何地把钱接着了。

张大海话到嘴边，最终没有说出自己生病的事。大女儿的生活也是一地鸡毛，她就算不说，他也能感觉得到，毕竟是自己带大的女儿，过得开不开心，他一眼就能看出来，他不想在这个时候给她添堵。家家有本难念的经，张小云三十多了，早已拥有了另一个家庭，她一定也在独自面对很多的困境，而那些困境，想必是张大海怎样逞能也无法攻克的难题，未必比他的病更轻松。

算了算了，说句不中听的，都死到临头的，还不如各自隐瞒各自的秘密，谁不是为自己而活呢，过一天，快活一天吧。

他道过别便离开了。

合上门，张小云背靠着墙壁站了很久，松了口气。她不想像个怨妇那样，跟张大海叨叨她遇到的难题，生活、工作、情感……他能帮什么，除了多一个人苦恼，没有任何意义。只是他今天为什么来？他最终还是没说出来。张小云不愿再去思考，也许真只是来看看，也许有别的事情吧，但他没有说，说明这事情应该也不太重要吧。

算了算了，说句不中听的，都几乎要家破人亡了，还不如各自隐瞒各自的秘密，谁不是为自己而活呢，过一天，快活一天吧。

"飞歌"这样的KTV在常德有几十家，别看城市小，娱乐场所内"卷"得厉害，一家比一家装修得高大上，礼券一大堆，还送果盘送冷饮，有的还送三菜一汤，生怕怠慢了客人，转背就去了别家。

晚饭时渐渐忙了起来，几拨人围在前台，张小穗操着不娴熟的普通话介绍着价格。

稍稍消停下来，张小穗抬头见到英俊的保安可乐在对她傻呵呵地笑，张小穗没理他，他便拿出三个橘子抛起来，玩杂耍逗她开心，被经理看见一顿训斥，慌乱中橘子砸在经理的头上。

张小穗笑出了声。

同事撞了撞她的胳膊，偷笑着："喜欢啊？"

她笑着摇摇头。

话说这可乐是他们"飞歌"的店草，浓眉大眼，血气方刚，

身材健硕得像个私教课卖疯了的健身教练，脾气好起来能当弥勒佛，隔壁店还有小姑娘想为了他跳槽来"飞歌"，但他似乎守身似玉，据说还是单身。像他这样在卡拉OK上班的小帅哥，不说一天换一个妞，谈起女朋友好歹也是能做到无缝连接的，小姑娘们也常常在背后议论，这样的条件不泡妞，要么是身体不行，要么喜欢男的，看他的体格不像是不行，但他又不太可能喜欢男的，因为可乐对张小穗的心意基本上是"飞歌"公开的秘密，可惜张小穗就是看不上——小保安，农村户口，一眼能看到五十岁，一个月两千五，买个手机还得分期付款，听说他还跟超市的员工合租住房，这种小哥哥，谈谈恋爱还凑合，指着靠他过上好日子，痴人说梦都不会这么瞎说。张小穗不是没有因为他那张帅气的脸庞和诱人的身材上头过，但想想，还是不要伤天害理了，为了短暂的欢愉搞不好得花好多好多时间才能脱身，不划算得很。高强跟她出去开房，都只住喜来登，一晚上六百，抵可乐一个月房租。这么一想，就下头了。

　　饭点到了，营业高峰期还没到，张小云拿着手机刷着短视频，看得津津有味。直到刷到一张她熟悉的脸，她瞪大眼睛，竟然是高强，这哥们儿平常自拍一个都扭扭捏捏，居然刷到了他拍的短视频，还是个舞蹈秀。

　　视频里，高强和一个三十多岁的女子亲密秀恩爱，还拉上一个五六岁的女孩一起跳《火红的萨日朗》，明显是相亲相爱的一家三口啊。

一家三口，那张小穗是谁？

去你的高强。

张小穗颤抖的手拨通了高强的电话，刚才还热情洋溢的模样迅速切换成了冷漠凶狠的嘴脸。

电话接通，张小穗单刀直入地咆哮起来。

"还钱！"

众人望过来，她努力克制着音量。

高强在电话里有些丈二和尚摸不着头脑："老婆，怎么突然这么急啊，答应你的一定会还……"

还装傻？

张小穗再一声怒吼，掷地有声："老婆？谁是你老婆，你都火红的萨日朗了！要不要脸啊？"

高强愣住了，赶紧挂断电话，中年厌包惯用的鸵鸟招数，切断联系方式，从此两不相干，自欺欺人地当作什么都没发生。

这边张小穗拿着手机，尖叫了一声。

大堂的人们都被震慑，可乐惊恐地朝这边看过来。

一旁的同事拉了拉张小穗的衣袖，气头上的张小穗没有搭理她，反而脑海里迅速浮现出高强平日里种种不正常的表

现，仿佛在这一瞬间全部都逻辑自洽了。她此刻就像一个巨大的爆竹，怒火中烧到几乎可以自燃，随时就砰的一声把"飞歌"炸得粉碎。

她继续拨打高强的电话，已经无法接通，发微信，被拉黑。她突然腿软得一个趔趄，差点摔一跤，因为她突然意识到一个严重的问题，她从来没去过高强的家，就算去闹也不知道去哪儿闹。

同事又拉了拉她朝门口指了指，她抬起头刚想告诉同事不要碰我，今天我人挡杀人，神挡杀神。结果，她看见了张大海。

他可怜巴巴地拎着保温饭盒，朝颤抖的张小穗看过来，似乎也被这一声尖叫吓着了。

张小穗身穿工作服，坐在"飞歌"后门的台阶上，端着张大海送来的饭盒狼吞虎咽。吃完，她抹了一下嘴，把饭盒搁在一边，熟练地点了根烟。张大海皱着眉，一直盯着她额头上的伤，抢过烟摔在地上。

"干吗啊！让我抽一根，我烦着呢！"张小穗不客气地喊了起来。她真的很烦，这并不是她的口头禅，她甚至烦到已经没有力气来形容她此刻的崩溃，而她不但不能倾吐，还要在此刻对付这个不太好对付的爹。

张大海憋了一肚子火，但年轻时素平就交代过，吃饭时不能教育孩子，所以一直等到张小穗吃完最后一口饭才发作，他原本就看不上这个声色犬马的场所，更不能接受女儿在这里上班，每次外人问起她的工作，都是他最恼火的时候，他恨不得不承认有这个女儿。他上来就把音调起得很高："你刚才吼谁呢？"

"你管我。"

"我问你，是不是在外面跟流氓打架了？"

张小穗被逗乐了："想象力真丰富，说了是车祸，武陵广场那边撞的。"

张大海环顾四周，然后降低了音量："一天天的，没一天让人安生，早点把这个不三不四的工作辞了，跟我做厨子。"

张小穗捡起地上的烟，不屑地瞥了一眼张大海："张老倌，你要觉得厨子高尚，让张小云跟你干啊？"

"你还好意思跟姐姐比！脸皮比城墙还厚！"

"她再好也是抱来的！"张小穗被戳到了痛处，也顾不得那些话是禁忌了，这个在老张家并不算秘密的秘密，虽然大家都心知肚明，但很少被提及。老张家不是那种会促膝长谈、平等交流的氛围，每个人都本着多说多错、独自消化的处事逻辑，使得这些年来，家里一直呈现出一种并不那么友好的和平。

"住口！"很明显，张大海很不喜欢她提这茬。

"我偏要说！"

"老子打死你！"

张大海扬起手要打她，她却没有躲闪，愤怒地瞪着张大海。她的怒火原本就没有熄灭，人挡杀人不是说说的，玉皇大帝现在要打了她，她也是敢还手的。

"打啊！打死我！反正我现在不想活了！高强也跑了，还骗了我的钱！"张小穗突然抑制不住地号啕大哭起来，脱口而出，这完全在她的计划之外。

张大海愣住了，缓缓放下手。

"高强……就是你那个男朋友？跑了？"

张小穗点点头，哭得上气不接下气，扭曲的脸如同被熊孩子捏得不成样的橡皮泥。

"骗你多少钱？"

张小穗边哭边说，那模样像极了她小时候弄丢了学费，找了一整个下午后，回来跟张大海坦白："五万，我辛辛苦苦攒了这点钱，一下给掏空了！五万啊，呜呜呜，五万我干点什么不好，客户充五百我提五十，我得忽悠一千个客户，现在搞定哪怕一个五百有多难你知道吗？我拿命攒的钱啊！"

张小穗委屈地哭诉着，张大海重重地叹了口气。

一地鸡毛啊，一地鸡毛。

许久，她哭好了，扭头问："对了，你找我就送个菜吗？有话快讲！"

刚才还在心疼女儿的张大海突然反应过来。

"看你天天吃外卖，给你带点人吃的东西！这个炒腊猪耳在馆子里要卖好几十！这个腊猪耳好得很，你堂叔今年过年熏的，自己都舍不得吃。"

张小穗白了他一眼，泄气地说："我就吃外卖，吃死了活该，死了也比现在好。"

"你！"

张大海原本想说"你怎么就不能学你姐姐一样"，但他忍住没有说，已经遍体鳞伤的二女儿，不能再哪儿痛戳哪儿了。

"能报警吗？"张大海小心翼翼地问。五万块，对于寻常人家来说，真是笔大钱。

"我给的现金，也没有借条，脑子一热就借他了，从来没想过他会跑。"

张小穗不太想跟他聊这个话题，她甚至有点后悔一时冲动说了出来，长辈帮不上什么忙，却又多了一个人担心，而这种担心又会折射到她身上，双重痛苦。

她撂下一句："没事我走了。"

然后，她转身走了。

张大海把空空如也的饭盒捡起来，唉，好歹她吃完了他带的饭。小时候她最爱吃他做的腊猪耳，她不喜欢卤得入口即化的口感，就喜欢熏制过有些嚼劲的，每次只要有了这个菜，她都会自私地揽到自己面前，拌着饭吃个底朝天。

她是不是已经不喜欢吃腊猪耳了？张大海想了想，可能吧，很久没有一起生活过了，儿女的口味都在慢慢变化，这也很正常。

金钻广场旁边巷子里有家小饭馆，叫天马餐馆，比起百味饭馆必然是小了一些，但因为在城区，装修别致，出入都是年轻人，门口被小孩用水彩笔写上"天马流星拳，吃饭不要钱"这样的俏皮话，竖着一个黑板，上面写着本周推出的特价套餐，所谓套餐，不过就是一份盖饭加一碗汤、一个茶叶蛋。

张大海拎着保温饭盒走了进来，审视了一眼墙上张贴的套餐介绍，有种天王老子下基层的既视感。他不屑地摇摇头，就这么个小破馆子，特价套餐还这么贵，做得肯定也不如百味好吃。此时店里人不多，三四桌人在吃饭。前台时不时有外卖订单的通知响起。

店员见张大海四处张望，主动问："您好，吃饭吗？"

张大海收起那质疑的神色，礼貌地问："请问……张小安在吗？"

"张小安？是哪个？"店员满脸疑惑。

"他不是在你们店里上班吗？你们……大厨？"

店员非常肯定地说："没这个人啊，我们大厨叫李二毛。"

其他顾客进来，店员没再理会张大海，他站在原地一刹那不知所措。

这时，穿着外卖服的张小安急匆匆地推门进来。他并未察觉到张大海的存在，自然地走上前，对了一下订单号，然后取餐。

正要走的时候，他见到了张大海，四目相对，满脸错愕，空气如同凝固了一般。

张小安是最后一个从家里搬出去住的，张大海曾经为这事整宿整宿睡不着，一想到从小到大都是在自己庇护下长大的儿子，突然要独自去闯荡，总是不安的，除了舍不得，更多的是因为张小安的特殊情况，但张小安最害怕的便是被特殊对待，他一直希望家人能把他当成一个普通人对待，因为他的残疾而获得的照顾对他来说是一种刺痛。可是，张大海明明记得，儿子搬出去的时候反复强调过他找到了一个厨师的工作，他继承了父亲的厨艺，悟性极高，十五六岁的时候，湘菜大全上的

硬菜他就都能搞得定，只是他一直以来的兴趣都不大。儿子说准备来天马餐馆当大厨时，张大海是很开心的，一来觉得儿子遂了他的心愿，继承衣钵；二来他一直坚定地认为，一门手艺能养人一辈子，儿子下半辈子不会挨饿了。

张大海打量着张小安，戴着头盔，穿着黄色的外卖服，风尘仆仆的模样。

张小安霎时明白过来，冲出门外，骑着电动车飞驰而去。

张大海追赶着，喘着粗气大声咆哮："你个龟儿子！给我站住！张小安！"

他哪跑得过电动车，金钻广场的巷子口还没到，他便放缓了脚步，停下来大口喘气。

慌张的张小安扭头，见状只好停下，张大海赶上来，伸出手想教训张小安，却又舍不得打，最后就轻轻在安全帽上拍了一下。

"你不老实啊！"他又气又心疼。

张小安看了看手表，有些焦急的模样，打着手语说："我现在要送餐，要不一起？"

张大海打手语问："你一直在干这个？"

张小安点点头。

张大海又问："一天厨师都没做过？"

张小安又点点头，他看了看手机，用眼神乞求张大海放自己一马。

张大海无奈地说："走吧。"

张小安载着张大海来到一家小区门口，他熟练地出示自己的工号，告诉保安自己是聋哑人，然后给保安看顾客的房号：5号楼16D。

保安点点头："稍等。"

等了大概两分钟，张小安很焦急，不停地看表，张大海站在一旁看着他的每个细微的举动，想问点什么，却又不敢插手他的工作。他一肚子疑问想问儿子，为什么不做厨子，为什么做骑手，为什么不坦坦荡荡跟爸爸说实话。但他没有问，他突然不敢问，因为现在在他面前的是一个穿着工服的骑手，是一个在社会上自食其力的成年人，不再是当初那个需要他牵着手才敢上街的小孩。

"抱歉，业主没接电话，不能放行。"

保安说得很快，张小安没理解他的意思，回头看了看张大海，求助的表情。

张大海赶紧走上前，用讨好的语气问保安："师傅，能不能通融一下？他这房号不会有错，估计是没看手机，要是耽

搁了,饭菜凉了,肯定会怪我们的。"

保安看了他一眼,冷漠答道:"那不行,没跟业主确认就不能进,我放行了,领导也会怪我的,我上哪儿说理去?"

手机上连续好几条接单的消息响起,一单加一单,这单迟了,后面的都没法保证准时,万一遇到一个较真的顾客,写个差评,一天又白干了。张小安急得跳脚。

张大海抢过张小安的电话,打给业主,电话总算接通了。

"你好,麻烦你通知一下物业,不然进不来。"

电话那边的顾客倒打一耙:"你不是发短信说是聋哑人吗?怎么会说话了?消费残疾人,要点脸行吗?"

张大海还没来得及解释,电话就被挂断了。

保安见已经联系上业主,眼前这一老一少二人看着也不像骗子,便允许他们通行。两人到达楼下,却发现电梯坏了,只能走楼梯。

张小安打手语:"会耽误下一单。"

张大海又打给顾客:"不好意思,能不能麻烦您下来取餐,我放在一楼前台行不行啊?"

顾客依旧不饶人:"当然不行,被人拿了怎么办。我叫外卖就是为了方便,还得下楼那我不如出去吃啊?"

电话又被挂断。

张小安拿起装餐的袋子,不假思索地冲上楼,多耽误一秒,最后也得自己买这一秒的单。

张大海看着他的身影,百感交集,想要跟他一起上楼。

张小安回头瞪了张大海一眼,用手语让他停步,就在这里等着。

张小安顺着楼梯爬上十六层,点头哈腰地把餐给顾客,然后又急忙下楼,上气不接下气。

张小安挥了挥手:"走吧。"

手机振动了一下,他拿起手机一看,脸色变了,顾客给了个差评。

"怎么了?"张大海问。

张小安把手机递给张大海看,张大海火冒三丈,拨通了电话。

"为什么给我差评啊!你这个人太不讲道理了吧!我们没有迟到,电梯坏了也给你爬楼送到家门口了!"张大海拿着电话咆哮着。

"说了不放葱姜蒜,怎么就讲不听呢!"

"那是商家的事,你给他差评啊,关我什么事啊!"

张小安抢过手机挂断了,张大海想抢回来。

张小安打手语说:"低头认栽吧,不讲理的人,讲再多

也没用。"

张大海叹了口气,一时竟有些不知所措,这事儿要搁他身上,那必须争个明明白白了才行,儿子却迅速翻篇,去送下一单。这工作,不好做。

电动车开动,两人奔往新的目的地。

忙活了一上午,总算有个消停的午饭时间。父子俩在路边席地而坐,张小安端着饭盒大口吃着油豆腐烧肉,这是张大海的拿手菜之一,在"百味"最受欢迎,也是张小安最喜欢的一道菜,油豆腐吸着满满的肉汁,一口嚼下去,很有满足感。

张大海试探着沟通,他的手语很笨拙,但张小安是看得懂的,或许只有张小安才看得懂张大海的手语,他问:"为什么送外卖?"

张小安回答:"比做厨子多两倍工资。"

张大海皱起眉头,又说:"花那么多钱送你去特校,不是让你干这个的。"

听到这句话,张小安突然停下没再吃了,他看着张大海不再回应,随即把碗放一边,站起身,骑着电动车离开。

张大海一头雾水,这时再次腹痛起来,他本想扛着追上前,却实在跑不动了。他静静地在原地站着,看着儿子走远,只好难过地离开了。

他难过的不是被张小安骗了，而是他知道未来的日子里，他其实帮不了儿子什么了，他老了，病了，而且……快死了，他唯一能做的只是做顿好吃的，他这辈子也没有其他的本事，总觉得做顿好吃的，大家吃开心了，就什么都解决了。

张小安回头看见张大海的背影，有些心疼地停了下来看了看，但最后还是继续开走了。

第三章 恋爱

已是近黄昏。

张大海炒了个青椒油渣，夹了块腐乳，盛上一碗白米饭，坐在餐桌前，看了看素平的遗像，小声说了句："吃饭喽。"

敲门声传来。

张大海起身走去开门，是广场舞之王马宝莲，他满面红光，头发梳得一丝不苟，依然穿着夺目的花衬衫、白裤子。他端着一盆做好的红烧鸡，还没等张大海招呼就擅自敏捷地转个圈钻了进来，把那盆鸡摆在餐桌上，手舞足蹈地从口袋里掏出两瓶江小白，朝张大海面前放了一瓶，然后哼着小曲自己盛了碗饭。

马宝莲像在自己家一样,一脸堆笑:"来来来,乡下弄的土鸡。哎呀,你几十年厨子白干了,这饭煮得干巴巴的,配不上我的土鸡,我这土鸡会飞的,我侄女婿要爬上树才抓得到,你尝尝。"

张大海吹胡子瞪眼,故意摆出一副赶客的姿态:"老妖怪,哪个准你进来的!"

"哎呀,留守老人,互帮互助嘛。"

马宝莲大口扒米饭,就着红烧鸡,吃得很香。

他们是几十年的老伙计了,张大海刚和素平结婚的时候,马宝莲就搬过来了,那时他还不会跳广场舞,马太太还在世,两口子不如张大海夫妇恩爱,每天家里华山论剑,鸡飞狗跳,后来马太太生病走了,马宝莲消沉过很长时间,两个老头互帮互助,一起喝酒聊天,度过了那段最煎熬的日子。后来老马爱上广场舞,从此艳光四射,拥趸无数,不再为人间事伤脑筋。

张大海一脸狐疑,脑子一转,谨慎地问:"是不是业委会派你当奸细了?"

"碰到鬼啦,我住二楼,安不安电梯关我什么事,我还不想出那个钱呢。来,喝一个。"

"你啊,今天不正常。"

两人碰杯,张大海也不客气,夹了个鸡腿啃了起来。

"别卖关子了。"张大海几杯酒下肚,懒得跟马宝莲啰唆。

马宝莲神秘兮兮地小声说:"告诉你,我发了点小财。"

张大海不屑地哼了一声:"又是哪个舞伴给你买衣服了吧?你再这么跳下去,可以去参加《中国达人秀》了。"

"不是,你看过湖南文体频道的《大富之家》吗?"

"那是什么?"

马宝莲拿出一张中奖的彩票,晃了晃,得意扬扬的模样:"每周六晚上直播的福彩开奖节目,每次填十位数,下一期直播摇奖,最高二十万!我啊,中奖了!"

"中了多少?"

马宝莲比出一个"二"的手势。

"中了二十万?"张大海一口酒差点喷出来。

"两千!你快跟我多喝两杯,沾沾我的财运。"

张大海抢了过来,看了看,又扔了回去:"我不稀罕,我只要子女平平安安,发不发财不重要。"

马宝莲眯着眼睛,小酌一口:"莫嘴硬,发财和平安又不冲突。来,碰一个!"

张大海笑了笑,又拿来彩票看了看。

每天清晨,东边的第一抹阳光一定是给老张家。湖南要么阴雨绵绵,要么烈日当空,这种和煦的、善意的、又丝毫没有侵略性的大晴天,其实并不多见。

阳台像被一片光晕包裹,很是晃眼。

素平似乎就站在阳台上,依然穿着那身米色的连衣裙,被阳光浸染得又像是金色,那是素平在张大海心中印象最深刻的样子,二十年了,要说她的每一个模样都牢记不忘,那一定是骗人的,但她在阳台上的背影,这么多年来,总是在脑海里。

这厢素平小心翼翼地给阳台上的花草浇水,把那些不同颜色的多肉摆成一个笑脸的模样。她一边哼着一首曲子,很是动听,歌词模模糊糊,大概是:

> 每个人心里一亩田,每个人心里一个梦,用它来种什么,种桃种李种春风……

张大海听得痴醉,看着眼前这美好的画面,不忍心走上前惊扰,就这么静静地看着,生怕他唤了她一声,就把这个美梦击碎了。

素平回头,对着张大海笑得灿烂。

"素平啊,这歌叫什么来着……"

素平还未回答他,他便睁开了双眼,只是梦一场。他又坐在沙发上睡了一宿，再望向阳台，空无一人。只有墙壁上，黑白照片中的素平正温婉地笑着。无数个夜晚，无数个相同的梦，这些年他们只能以这样的方式见面。

张大海哼了哼那首歌，发现怎么也想不起来是怎么唱的了，明明梦里她唱得很清晰，他听得也很认真，甚至还能跟着一起唱，怎么醒了就一个字都想不起来了呢？下次一定要在醒来之前反复地背诵着。他每次都这么想。

他拿起水壶浇花，打发着早晨的光阴。

他自言自语道："素平啊，你那么年轻，我这么老了，再见面的时候会不会嫌弃我哟。"

张小云坐在办公桌前，用心地编辑了一条九宫格的朋友圈，都是一些关于玛咖胶囊的介绍图片，然后配上一段文字，这些文字都是复制的微商群里的官方套话。说实话，都是些狗屁不通的唬人的话术，换作平常，若有人发这些，一定会成为她嘲讽的对象，谁能想到，邻居眼中堂堂五中的老师，现在也在做这种事。

编辑好了，她检查了一下，最后小心地选择了分组可见，屏蔽了"家人"和"五中师生"两个组群，小心翼翼地点了发表。

发完了，马上有人私信她咨询价格，是一个早年君君上早教班时认识的孩子家长,与她并没有什么重叠的圈子。

正要回复,教地理的康老师凑过来,张小云迅速地把手机屏幕关了。自从做了微商,她整日诚惶诚恐,像个生怕被人撕下文化人面罩的"妖精"。没错,此刻的她就是这样的感觉。

康老师问:"张老师,刘主任下周五嫁女儿,你能去吧?"

这康老师四十出头,是个包打听的离异妇女,在五中教了二十年的地理,方圆十里以内的家庭琐事她都了如指掌,却唯独不知道老公在外面养了个小的。离婚后,小孩上了大学,前夫负担,她更有了充足的时间八卦全天下,所以每次这种组织"民间活动"的光荣任务,大家都默认由她牵头。

张小云自然地放下手机,拿起笔,假装要批改作业,然后微微一笑,回答道:"哦,我去我去。"

康老师在本子上登记了张小云的名字。

"对了,给多少'人情'合适啊?"张小云小声问。

"一般就五百,"康老师凑近她,瞥了一眼不远处的其他老师,"有些马屁精给两千,啧啧。"

张小云瞪大眼睛,两千,大半个月的工资了,这个月吃什么?尤其是她这种教历史的,也没法偷偷办个补习班,为了有富余的时间照顾君君也不敢做班主任,只能拿死工资,基本工资少得可怜,加一点课时费,每个月的钱可丁可卯,少一块是一块。这给两千的,怕是家里有矿,只是来五中体验民间疾苦的吧。"

"怎么可以这样,显得我们这些人好小气的。"张小云抱怨了一句。

"可不是嘛。"康老师提高音量,似乎在暗戳戳地挖苦个别人,"大家量力而为啊,都是平头老百姓,谁都别摆阔,'人情'归'人情',当出头鸟就没什么意思了。"

康老师也是天生八卦小能手,被她挑起话题,这些平日看起来不食人间烟火的老师开始七嘴八舌地议论起来。

"唉,一个月就这么点,去掉几个'人情',还不如领低保的了。"

"你们还能补补课,我一个教体育的,只能出去搬砖了。"

"我们教美术的,搬砖还不收呢,嫌我们劲儿小!"

众人哈哈大笑。

康老师又看向张小云:"照我看啊,还是公务员好,张老师,你们家志鹏一个月能拿多少钱呀?不少的吧?"

张小云没好气地回答:"他啊,就糊个口,交完生活费连五中门口的'炸炸炸'都吃不起,咱们螺蛳莫笑蚌壳,都是一样一样的。"

康老师刚想就着这个话题聊下去,张小云的电话响起,是医院打来的。她赶紧接听，不停地重复着"知道了知道了"，脸色变得很难看，康老师做了个鬼脸，不敢再打扰，自动退下。

挂断电话之后，张小云收拾了一下书本，然后对康老师说："康老师，我们换一下课，我有点急事，对不起啊！"

还没来得及等到对方的回答，张小云便已经冲了出去。

"什么事这么紧张啊，王志鹏外面有女人了吗？啧啧啧，不得了，不得了。"

康老师撕开一包薯片，边吃边嘀咕着。

张小云打了个车，一路飞驰到医院，冲进去，看到王志鹏正跟丁医生在走廊里聊天，王志鹏急切地说着什么。张小云脸一沉，想也没想冲上前直接给了他一个耳光。

王志鹏与丁医生都蒙了，丁医生见状赶紧离开，王志鹏还愣在原地。

张小云神色慌乱，语无伦次，她瞪了一眼王志鹏，紧跟着丁医生不停地絮叨着。

"丁医生，拔不拔管，是得父母双方签字的对吧，您千万别被王志鹏煽动了，我儿子我说了算。"

丁医生停下脚步，始终与张小云保持安全的距离，似乎生怕她一时间不分青红皂白也给他一巴掌："孩子爸也没错，谁经得起这么熬？要不这样，你们转院吧，三医院费用比我们这低很多。"

"丁医生，求您帮帮忙，这两个月的我一定尽快补交，转院真不行，三医院条件太差了，万一君君醒来……"

丁医生声量提高："他醒不来！"

张小云不说话了。她不再反驳，不再喋喋不休，只是可怜巴巴地望着他。

丁医生似乎意识到自己的语气有些不妥，顿了几秒，说："两年多了，我们都很同情你，但你不能一直占着床位，这对其他患者不公平。"

她垂着头，一声不吭。

丁医生叹了口气，他大概也料想到了这样的结果，并不是第一次与面前这个疯狂的母亲博弈了。他说："我再跟主任说说吧，最晚下个月，你多少得补一点。"说完快步离去，一秒也不愿多待。

张小云捋了捋头发，对着丁医生的背影说："谢谢啊。"

待丁医生走远，她恶狠狠地走到王志鹏跟前，咬牙切齿地说："王志鹏，虎毒不食子啊。"她刚才那一巴掌应该是竭尽全力了，这个时候她才反应过来，手阵阵发麻。想必他的脸也疼得厉害。

王志鹏摇了摇头，像个落魄的逃兵一样走开了。

张小云来到病房，细心地给八岁的儿子君君擦洗手和背。他的头发柔软整齐，面容清澈，一看就是得到了很好的照顾。

君君躺在病床上，戴着呼吸器，没有任何知觉。这样的状况已经两年三个月了，丁医生并不是一个没有耐心的人，换了其他医院早就把他们赶了出去，明明已经判了"死刑"，换句通俗易懂的话来说，君君已经是个不会再醒来的植物人了。但张小云就是油盐不进，她的固执就像一层坚硬无比的盔甲，无人能够攻破，谁说拔管，她就跟谁势不两立，瞬间变身疯婆娘，一副要以命换命的姿态。她凭借着这种姿态在医院横行霸道了两年三个月，丁医生也拿她没办法，当妈的护孩子，只能理解，于是就照常护理着，但谁都知道，没得治，不会好的，跟判了死刑没什么区别。

自欺欺人一阵子可以，这么久了，王志鹏撑不下去了，丁医生撑不下去了，只有张小云还可以，她从不相信这是个最终的结果，她准备拿下半生的时间继续战斗。

"妈妈相信你一定会醒来，可能要很久，但没关系，妈妈等你。"张小云坐在床边，抚摸着君君的额头，小声说。

张小穗换好衣服，化了妆，叼着一支棒棒糖出门。她住在甘露寺大市场附近一个老旧的小区，租金便宜，出门坐个公交车，一块钱就可以到"飞歌"门口下，这里鱼龙混杂……这里说的鱼龙，基本上就是指张小穗这种穿戴打扮的女孩。

走到楼梯口，她看见一个六七岁、戴红领巾的小男孩，背着书包站在走廊边等人。小男孩偷偷看了看张小穗，她也注意到小男孩在偷看，随即从包里拿出另一支棒棒糖，递给小男孩，冲他笑了笑。

"吃吧！"

小男孩有些想要，但又不敢伸出手："我不敢吃。"

"为什么？"

小男孩想也没想，脱口而出："我妈妈说你脏，让我离你远点。"

张小穗一愣，随即又笑了，她收起棒棒糖，走上前亲了小男孩一口，在他脸上留下一个鲜红的唇印，然后阴森森地吓唬他说："告诉你，我有传染病，被我传染以后活不到过年，快让你妈带你去医院。"

小男孩顿时吓得"哇哇"大哭。

他妈妈赶过来，见状气急败坏地冲着张小穗骂骂咧咧起来："要不要脸啊，欺负孩子！化得像个妖怪，把我们这儿搞得乌烟瘴气！报警抓你啊！"

张小穗笑得花枝乱颤，吊儿郎当地下楼，回头对着小男孩母子做了个鬼脸："快去医院哦！去晚了救不活喽！"

小男孩哭得撕心裂肺，响彻云霄。

张小穗的花枝招展只持续了半小时，到了"飞歌"，她便换上了工作服，负责给客人订包厢、推荐酒水套餐。下午陆续有零星的客人到达，她有些慵懒，打起精神招待着。

有个七八岁的小胖子坐在大堂沙发上，因为茶几比较远，所以他只能把作业本铺在腿上写作业。时不时有油腻的中年男客人逗他："弟弟，你妈妈呢？陪老板去了啊？"小胖子有些害怕，蜷缩在沙发一角，用书本挡着脸。那男客人得意扬扬地笑着，仿佛开了一个天底下最好笑的玩笑。

张小穗路过的时候问可乐："那孩子是谁啊？"

可乐见张小穗主动找他说话，立刻来了精神，马上汇报："报告小穗姐，他是超市方经理的儿子小胖，周末没人管，扔大堂自生自灭。"

张小穗点点头："哦。"

可乐跟着她，追问："还有什么要我打听的吗？"

"不用，你一边儿去。"

她走到小胖身边，低头微笑地看着他："喂，小孩儿，你跟我来。"

说完，她转身离开。

小胖放下作业本，紧跟着张小穗来到KTV的会员等候区，这里有桌椅，还有免费电脑游戏可以玩。

张小穗指了指："坐这儿吧。"

小胖眼馋地望着电脑："我能玩那个吗？"

"可以啊，渴了自己倒水喝，那边有一次性的杯子。"

小胖点点头，笑容讨人喜爱。

张小穗递给他一支棒棒糖，他马上拆开塞进嘴里。

"谢谢姐姐。"

"不用谢。"

手机铃声突然响起，张小穗拿出手机，发现并没有人打过来，抬头一看，小胖从书包里拿出手机接听电话。

两人的铃声一样。

他稚气未泯的声音对着电话那头说："好的，好的，我知道了，我会乖的……"他甚至边说边点头，仿佛电话那头能看见他似的。

挂断电话，他小心翼翼地将手机放进书包。

"哟，小小年纪，就有手机了。"张小穗笑了笑。

"爸爸怕找不到我，才给我一个旧的，但上课都会交给老师，我不像他们，从不刷短视频。"

"我在你这么大时，我爸找我都用吼的。"

小胖被逗笑了。

她拍拍小胖的后脑勺，开开心心地回到了前台。

"飞歌"厕所里，张小穗坐在马桶上，手里拿着一支验孕棒，显示有孕。

厕所外传来隐约的喧闹声，估计哪个包厢的门没有关紧，那跑调的嘶吼声让此刻的她格外烦躁。她甚至希望这一刻突然地震，时间定格在这里，故事不必继续展开，这样她就不用操心推开厕所门之后应该如何面对接下来的人生。

她把验孕棒扔垃圾桶里，发着呆。

这时，微信提示音响起，她拿起手机，有个名叫"超级英雄"的陌生人加她微信，头像是奥特曼，发送请求写的是：小穗你好，喜欢你的笑容。

张小穗翻了个白眼，放下手机，想了想，又拿起来，通过了陌生人的微信好友申请。

张小穗发了条微信过去：你是谁，见过我？

超级英雄回复：见过。

她盯着微信对话框发呆,点击他的头像,朋友圈三天可见。

她又问:什么时候?

超级英雄回复:这是个秘密。

张小穗摸了摸肚子,没有再回复这个陌生人。她没有心情跟一个陌生人瞎聊,尤其是在此刻,她一瞬间觉得自己无助了起来。那个男人跑了,骗了她的钱,留下一个孩子,往后的日子,真精彩。

"高强,我真想杀了你。"

张小穗气得手直抖,却只能咬牙切齿地对自己说。

张小安停好车,抬头看了一眼,百味饭馆。

他知道这是张大海工作的地方,有些意外,这种巧合的事情以前也出现过,每次都是急匆匆取餐,从来没在这里碰上面,张大海在后厨,不管前台的事。

这次来这儿取餐,张小安却有些不安,可能是前不久刚被张大海撞破,得知了他并未履行承诺做厨子,自作主张做了外卖骑手的缘故,多多少少有些愧疚。

"说老实话,做老实人,办老实事",这是张家的家训。

算了算了,又能怎么样,送外卖又不丢人,难不成做厨子还高级了多少?张小安深吸一口气,走了进去。

餐还没出，他在收银台附近等着。

这是他第一次不再偷偷摸摸地来到"百味"，反正已经被抓包，现在就算碰上了，也叫"业务往来"。他环顾四周，看着来这儿吃饭的客人，墙上陈旧的贴画，还有快步小跑着的服务员，不断往返于后厨和大厅。

他顺着服务员的背影看到了通往后厨的走廊，伸长脖子看了看，头一次萌生出想要看看张大海工作时样子的想法，但他并没有这么做。工作时间，餐一到就得撤。

张大海正在忙碌着，他看了一下墙上的挂钟，赶紧揭开蒸锅的锅盖，裹着抹布把剁椒鱼头端出来，自言自语道："十分钟啊，一分钟不能多，一分钟不能少。"

张小安取的餐已经打包好，他核对了一下单据，然后拎着袋子打算离去。

店老板站在收银台，嘴里骂骂咧咧："这个张大海，到底在搞什么。"

店老板边骂边往后厨走，张小安见他很愤怒的样子，看了一下手表，时间貌似还够用，便好奇地尾随着来到后厨，偷偷地躲在门口一探究竟。

店老板火冒三丈地冲进后厨，劈头盖脸地骂道："张大海！干锅肥肠才四十三块晓不晓得啊，吃饭的是你爹吗？给这么多？下面垫这么几片洋葱，我血亏你晓不晓得啊！我拜托你啊，洋葱给我堆起来好不好！我们赚就赚洋葱的钱！"

其他的厨师和服务员都低着头赶紧做事，生怕与店老板对视。老板是汉寿人，年轻的时候包过鱼塘喂鳖，生意不错，攒了点钱。后来好像跟同村的干部为承包的权益闹得不愉快，把干部揍了一顿之后逃离了汉寿，跟几个老乡满湖南跑卖鳖精，穿起小西服，开着小奥拓，嘚瑟了好些年，再后来鳖精不好卖了，钱也被挥霍光了，于是小西服不穿了，小奥拓不开了，和老婆开了家小餐馆，赚点薄利养老。店不大，脾气挺大，伙计们偷偷议论他，说估计是年轻的时候鳖精吃多了，火气旺。

张大海解释道："都是跑长途的司机来吃，那么一点点吃不饱的。"

"这是你的店吗？这么大方他们会给你磕头吗？"

张大海不作声了，闷声继续做菜。他比较扛骂，反正只要不骂娘，不咒子女，他都能左耳进右耳出，这个年纪了，不跟老板置气。

店老板骂完，趾高气扬地离开后厨，不小心撞到了张小安。

"你谁啊？"

张小安点头哈腰地赔笑，然后赶紧离开了。

水晶宫温泉坐落在武陵广场附近,说是温泉,其实就是大锅炉烧的热水,但装修气派,比起老式的澡堂要金碧辉煌得多,一百二十块一张门票,巨大的横幅悬挂着"开业大酬宾,买一送一"。

张小安和花炮路过了好几回,犹豫再三,终于在活动最后一天来泡澡。折合一人六十,划算得很。以前这种浴场只送水果和茶点,现在"卷"得厉害,除了泡澡还能吃自助餐。

这天他们早早收工,饱餐一顿,然后舒舒服服地泡了一晚。

张小安从水里钻出来,喘了口气,打手语对花炮说:"我想开个饭馆。"

花炮不是聋哑人,所以每次都边打手语边说话,故意把嘴张很大,好让张小安能读懂他的意思,补充他不太熟练的手语,模样甚是滑稽。

花炮:"什么样的饭馆?"

张小安:"就跟我爸当厨子的那家一样,不,我觉得还要再好一点。"

花炮回答他:"我们连泡个澡都要促销的时候才敢来,不要做白日梦。"

张小安撇了撇嘴,又钻进水里,晚上十一点了,他要把一百二泡回来。

又来给小篆送奶茶,站在门口,张小安有些紧张,深呼吸,然后敲门。

门打开,只见小篆又拿着相机,一声招呼不打又要拍摄,张小安害怕刺眼的闪光灯,迅速抬起手挡住眼睛。小篆仔细一看,发现是张小安,惊喜地放下相机。

"又是你啊?"她笑起来的样子很好看。

张小安的脸有种在水晶宫蒸桑拿时的灼热感,他赶紧递给她奶茶,却并未马上离开。

小篆打开袋子,里面除了奶茶,又多了一张纸,上面又画了一只不同模样的约克夏奔跑的样子,上次有些潦草,这次显然更用心了。

那只纸上的约克夏仿佛在蹭她的手,小篆惊喜地会心一笑。

"谢谢。"她说。

张小安看着她的脸,发着呆。她抬头看着他的眼睛,这是一双很透亮的眼睛,像个不谙世事的小孩,然后她一字一句,用双手比画着说:"常德能拍的风景都拍完了,想拍点新鲜的,所以,我在收集每个外卖员的样子,很没礼貌,但我懒得跟每个人解释了。"

张小安并未留意她说的什么，仍然出神地看着小篆。

小篆以为自己的热情吓到了对方，赶紧自我介绍，她在手机上打出一句话，举起来让张小安看：我叫小篆，你叫什么？

张小安意识到自己有些失态，于是拿出常用的那张纸牌，上面写着：你好，我叫张小安，我是聋哑人，请多关照。

小篆轻轻念了一下他的名字："张小安。"

手机振动，张小安不好意思地点点头，快速离去了。

她靠在门口，又看了看那只约克夏。

"有意思。"

张小安辗转反侧，失眠了。

长到二十岁，因为身体的特殊情况，他一直活在自己的天地里，从未试图去了解任何一个与他的生活毫无关联的人。那种去探索的好奇心在他很小的时候就消失殆尽了，除了自己的家人，在这个庞大的世界中，他被忽视，被遗忘，被冷落，他无法开口去问好，更不能去倾听另一个人的内心，他只能关心脚边的一片落叶，或者爬上栏杆的蜗牛，他常常站在沅江边看着水鸟起飞、降落、再起飞，他不知道它们为何而来，又要去向哪里。他在这二十年中，只能做一件事，那就是尽力把自己保护得很好，不要被那些"正常人"伤害。当然，他们也并不会在他身上花什么工夫。

这一次，截然不同的是，这个名叫小篆的女孩，她看着他画的约克夏笑了，她拿起相机拍他，她还曾经出手相助，帮他找回了手机。她或许是一个肩负着使命感来到普通人身边的天使，用她的方式带着他一步步走出二十年的桎梏与囚笼，去与这个世界上的其他人，发生联系。

翻来覆去两个小时，毫无困意，他伸出脚，蹬了一下上铺，花炮探头看了看张小安。

"干吗啊？"困倦的花炮胡乱打了个手势。

张小安用手语问："你看过日出吗？"

花炮回答："天天看啊，早点睡，一会儿就能看见了。"

花炮用被子罩住头，用这样的举动正式宣告今晚不再搭理张小安。

上铺迅速传来鼾声。

张小安识趣地不再打扰，他打开台灯，调到微微亮，然后从枕头底下拿出那张日出的明信片。他想起十岁的自己，那时他已经在上特校，学写字。他一笔一画写了一张字条：

妈妈，我的生日愿望是爸爸带我野泳、跳伞、看日出，妈妈保佑一定要实现啊！

他记得，那时他把字条塞进了墙上素平的遗像后面，然后对着遗像拜了拜。

张小安打从出生起就没见过素平，他只知道照片里的那个纤细、温婉的女人是自己的妈妈，也从家人的只字片语中了解过一些。这种感觉很奇怪，他非常清楚他应该很爱这个女人，这个女人一定也很爱他，但他并不认识她，只能在逢年过节的时候对着她拜一拜。

拜一拜是跟着两个姐姐学来的。二姐动不动就拜妈妈，每次都振振有词地说"老妈给我安排个有钱体弱多病的男朋友啊""老妈我现在好穷快让我一夜暴富"之类，虽然妈妈从未给她兑现过，但她乐此不疲地在遗像前许下过几百个诸如此类的愿望。大姐曾骂二姐不懂事，妈妈泉下有知都会气得睡不着，活着的时候遭了那么多罪，死了还要管这些破事。所以张小安很少对着素平许愿，他想让妈妈消停点，更何况，妈妈从来没有见过自己，会不会根本不在意自己许的愿？

张小安有很多困惑，从来没有人帮他去解决，也很少有人试图真正听懂他想表达什么。每个人面对聋哑人的时候，大致理解了意思，便高呼万岁了，而被误解的聋哑人却也无法解释清楚，很多时候只能将错就错。这或许是最让张小安痛苦的一点。

此刻的他，最想表达的是：我，张小安，喜欢小篆，想和她一起看一场浪漫的日出。他愿意为了这个愿望去遗像前拜一拜，麻烦妈妈一次。

妈妈一定要保佑我啊！

张小安：小篆你好，我是张小安，我们做个朋友吧，如果冒犯了请原谅。

小篆：Hello，正想找你呢，谢谢你的约克夏，来我家坐坐吧。

张小安鼓起勇气联系了小篆，想要有机会见个面。等她回信的时候，他紧张得手抖。没想到她迅速回复了他并且邀请他来家里做客。

第二天，张小安穿着便装来了，这次不是送餐。

小篆家的音箱放着很大声的音乐。

她用手语说："欢迎光临。"

张小安："你为什么会手语？"

小篆："最近在网上学的，会一点点。"

张小安有种被尊重和关注的兴奋。他随着小篆走进来，有些惊讶。她家就像一个小小的展览馆，墙上挂满了她的摄影作品，很多都是临时抓拍的不同人的反应。

张小安："拍得很好。"

小篆拿出纸笔，写下：抱歉，第一次拍你，有点不礼貌。

张小安笑了，摇摇头。

墙上有一张日出的照片，张小安走过去，凝视着。

张小安指了指这张照片，打手语："我喜欢这张，我喜欢日出。"

小篆的手语仍有些不熟练："我的照片都跟音乐有关，每拍一张，听的都是不同的音乐，比如日出，就应该是现在这种很有劲儿的，如果拍湖水和花，又不一样，对了，你喜欢谁的音乐？"

张小安愣住了。

音乐，他没有听过音乐啊。他看到过很多人对于音乐的描述，有人甚至把音乐当成毕生追逐的梦想，但他从来没有真正感受过音乐的美妙。在他的想象中，那应该是能与人的情绪同频的吧，正如小篆说的那样，一段音乐就像一幅画，此刻的他看着这张日出的照片，那磅礴的金色光芒从山脊的另一边喷薄而出，让他痴迷得无法动弹，小篆现在播放的音乐，应该也会给人同样的感受吧。

小篆见他没有回答，以为是自己的手语有错，于是再次询问："你喜欢谁的音乐？"

张小安有些羞涩地笑了笑，没有任何责怪的神情。他遭受过很多恶意的询问，早已百毒不侵，小篆的不小心，算不得什么刺痛。

她顿时明白了自己的失礼，略微尴尬起来。

小篆："对不起，对不起，我……"

张小安："没关系，我会听。"

小篆一脸疑惑。

张小安走到音箱前，缓缓伸出手，放在音箱上面，感受着音乐震动的节奏，轻轻打着拍子，就像他真的听到了一样。

他没有骗人，这是他听音乐的方式，他接收到的音乐信号与健全人是不一样的，虽然他没有真正听到过音乐的美好，但这样的节奏，他也似乎可以感受到音乐本身的力量，当然是不完整的，但他已经满足了。

小篆被张小安逗乐了。

小篆："你真可爱。"

位于市中心的奥斯卡酒吧，是00后们的圣地。数百名年轻的男女在这里热烈地跳舞，音乐声震耳欲聋，上空喷射出五彩的纸片，四处弥漫着强烈的荷尔蒙的气味。奥斯卡就像这个不知名的朴素小城深夜绽放的另一面,大家把白日里被压抑的情绪在这一刻释放开来。

小篆拉着张小安的手穿过人群,走到舞池的正中央。张小安对眼前的一切充满好奇,这是他从未见过的画面,在此之前,他并不知道原来还有这种活法。

两人站在一群放肆、微醺、摇摆着的同龄人中间,像两个异类。

台上的DJ感染力很强,气氛热烈。

小篆用手语问:"听得见吗?"

张小安看着一群挥手跳着舞的同龄人,他的世界里一片寂静,但他能感受到巨大音乐声的震动,他把手放在胸口,心脏能感受到音乐的节奏。这巨大的轰鸣,比在小篆家感受到的震动要更加剧烈,难怪他们在这样的声音包裹之中,那么忘我和疯狂。

张小安回答:"听得见!"

两个人都灿烂地笑着。

小篆:"跳舞吧!"

张小安还没反应过来,小篆便牵起他的手。笨拙的张小安配合着小篆跳起舞来。他听不见别人的嘲笑,此刻,他的小小世界里只有小篆,他跟随着她的步伐,一步一步走出了他自己的天地。

真美好啊！

看日出也不过如此了吧！

小篆和张小安开始约会了。

高山街有一条小巷，都是卖宠物的商家，两人钻进一家，意外遇见了一只可爱的约克夏，很像张小安画的那一只。

小篆逗了它半天，问："老板，它叫什么？"

老板头也没抬，正在用手机看着电视剧，答了句："它叫小狗。"

小篆疑惑："没有名字吗？"

"没有，就叫小狗，现在取了名字，万一顾客不喜欢怎么办。"

"以后它叫Bibo。"

"你买走随你叫什么，叫刘帅都行。"

"刘帅是谁？"

"是我。"

小篆哈哈大笑。张小安在一旁并不知道她在笑什么，但他却津津有味地看着她的笑容。他才懒得去打听是什么笑话，和小篆在一起的每一秒他都不想浪费。

老板被电视剧中的情节深深吸引，没再搭理小篆。

张小安用手语问小篆："你喜欢吗？"

小篆拿出手机，打出一行字：它好可怜，不应该关在笼子里。

张小安继续用手语问："为什么不买走啊，喜欢就应该在一起。"

小篆又打了一句话：我总有一天要离开常德，没有办法带它走。

张小安突然有些紧张，问："你要去哪里？"

小篆打字：还不知道。

被她取名叫作Bibo的小狗似乎想要参与他们的对话，趴在笼子里叫了两声，随即扒拉着想要出来，小篆开心地伸出手指轻轻抚摸它的头，它瞬间安静了。小篆在那一刹那似乎陷入一种很忘我的思考当中。

张小安有点紧张地看着小篆，不敢打破这一刻的寂静。

小篆笑了笑，打手语："你怎么了？"

张小安："没怎么。"

小篆的二十岁生日，选在"飞歌"庆祝，十来个朋友，大家抢着话筒唱范晓萱的《猪你生日快乐》，桌上摆放着生日蛋糕,年复一年,都是这样过的——"飞歌"、朋友们、玩骰子、点蜡烛、吃蛋糕、喝醉,醒来时发现已经在自家的床上了。

这些年,朋友们陆续更替着,生日的节目依然没有改变,小篆在人群中发着呆,像是误入陌生人生日会的客人。

在这个城市里,未来的生日或许都只能这样过吧——短暂的欢愉,众人的疯狂,以及醒来以后长久的寂寞。她跟一些在某个阶段跟她很亲密的闺密倾吐过,但她们说,你就是太孤单了,应该找个男朋友,当你喝醉醒来的时候发现旁边还有一个你爱着的人的呼吸声,一定不会觉得寂寞,你可以搂紧他,蜷缩在他怀里,如此展开新的一岁,两个人腻在一起,好多事可以做呢。

闺密说这话时很陶醉,这对于很多女孩来说,的确是一件美好的事情。小篆不是没有尝试过,但慢慢发现这种强烈的不安的孤单感其实是来自于这个城市,与她的身边有没有爱人并没有多大关系。她父母离异得早,各自有了新的家庭,她草草读了卫校,出来做了一年护士,受不了夜班便辞职在家搞直播,一个人对着摄像头对面几百几千个陌生人说话,久而久之,竟然开始有了不错的收入,能养活自己。她并不因此感到欣慰,反而有些厌恶通过直播得来的收入,这样的收入虽然让她过上了比较宽裕的生活,但同时也成了一种奇怪的阻碍,让她变得舒适而安逸，变得渐渐失去了逃离的勇气。她很羡慕纪录片里那些说走就走的女孩，她们去雪山，去沼泽，去高原，她们甚至敢坐在火山口自拍，一脸尘土却那么耀眼。而她每天对着满屏送花送火箭的"家人们""宝子们"，已经被锁上了镣铐，永远迈不出那坚定的第一步了。

"你好，请问蛋糕现在送进来吗？"问这话的服务员正是张小穗。她原本只在前台做接待，但今天是周末，大家忙不过来，她顺便帮忙招待客人。

"哦，等等吧，还有人没到呢。"小篆从迷茫中回过神来。

这时门推开，背着双肩包的张小安探头进来，他小心翼翼地在人群里寻找着小篆。

小篆见到他的到来，兴奋地跳起来大声喊道："等你好半天了！"

朋友们起哄，大家这才想起来今天小篆才是主角。

张小穗正在帮他们兑酒，和张小安面面相觑，很是惊讶。两人很少在张家之外的地方见过，张小穗从来都不愿带着聋哑的弟弟出去玩，张小安也自觉不做二姐的累赘。

张小安还没反应过来，小篆冲过来拉着他介绍："他就是小安。小安，这都是我的好朋友。"

小篆用手语跟张小安描述这群好朋友。

张小穗被他们的热闹感染了，没忍住也笑了起来。她没想到弟弟竟然还交了女朋友，还被这么大大方方地介绍给朋友们。她有些意外，但又觉得很欣慰。她假装不认识张小安，帮忙收拾着凌乱的桌面，准备一会儿上蛋糕。

朋友们中有个嘴很欠的黄毛，看起来就像个爱惹事的混混。他问："哈哈，你们哑巴来KTV能干吗？"

说完，黄毛和另外几个朋友大笑起来。

小篆的脸一沉，还没来得及发火，一旁的张小穗假装不小心把一桶融化了的冰块倒在黄毛身上，冻得他一哆嗦。

黄毛大发雷霆："你干吗！给我滚出去！"

张小穗忍住笑，不停地道歉："对不起，对不起！我给您擦！"然后假装拿餐巾纸给他擦水。

黄毛一把推开张小穗，她不小心倒在地上。

张小安捏紧拳头，一把抓住黄毛胸口，两人差点打起来，幸亏人多被拉开，不然这一拳头下去，那骨瘦嶙峋的黄毛估计得住院了。

张小安扶起张小穗，两人对视一眼，彼此心领神会。张小安很关切地想要查看张小穗的手有没有受伤，她却摆摆手，示意她没事。她不想把事情闹大，更何况，弟弟还在其中。

小篆气不打一处来，怒斥道："嘴那么脏，还不如哑巴呢！"

　　黄毛也有些不爽，刚想还嘴，被其他人拉住。众人劝阻他说："喂喂喂，小篆过生日呢！"

　　黄毛只好把气撒在张小穗身上："还不滚！"

　　张小穗笑了笑，端着一堆垃圾离开包厢。

　　小篆拿出手机打字：你带了什么礼物？

　　张小安拍了拍书包，露出灿烂的笑容，然后也用手机回复：我送你一个帐篷，我想带你看日出，新的一岁，第一天的太阳。

　　小篆兴奋地大声叫起来："太好了，我喜欢！"

　　张小安用手语问："什么时候去？"

　　小篆回答："就现在！"

　　张小安："什么？现在？"

　　小篆拉着张小安的手，两个人在众目睽睽下跑了出去，把一众好友扔在包厢。

　　张小穗看着跑出KTV的两人，朝着张小安打出一个加油的手势，然后转身离开，却碰到了可乐。

　　可乐眉头一皱，冲了过来，拿起张小穗的左手，问："怎么弄的？"

　　张小穗一看，左手在刚才被黄毛推倒的时候蹭破了皮。

她耸耸肩:"没事儿,自己不小心,不痛,我都没感觉。"

"要不要去医院?"

"那得赶紧去,不然都要愈合了。"

可乐被张小穗逗得哈哈大笑,那笑声又惹到了经理,经理走来一巴掌拍到可乐后脑勺上。

张小穗赶紧溜走干活去了。

第四章 偏执

司机有点纳闷，因为他从来没有在这么晚拉客去过太阳山，虽然离市区不过半小时的车程，但那里已是近郊，他反复提醒了好几次，小两口这个点去山上浪漫没问题，回来估计打不着车，无奈这两人兴致高昂，根本听不进司机的话。

半小时后，他们便到了目的地。

太阳山，这名字坦坦荡荡，就是用来看日出的，唐朝诗人刘禹锡曾六上太阳山，被山景寺貌所陶醉，诗兴大发，挥毫赋诗曰："汉家都尉旧征南，血含如今配此山。曲盖幽深苍松下，洞箫愁绝翠屏间。荆巫脉脉传神话，野老娑娑起醉颜。

日落风尘庙门外，几人能踏竹歌还。"

白天来，山脚下还能见着群群白鹤。

两人牵着手，披星戴月地出发，毫不畏惧深夜浓浓的黑暗，有种同心协力的安全感。

一路坎坷，两人终于在凌晨到达了山顶。

他们选好一个视野最好的观景点，小篆累得坐在地上。

张小安熟练地搭好了帐篷，因为害怕在小篆面前显得笨拙又狼狈，他在家反复练习了好多遍。

小篆借着月光，打字问：日出是几点？

张小安笑了笑，用手机回复：我查了一下，五点太阳升起。

小篆：开心吗？

张小安：我等这一天很久了。

刚说完，张小安皱起眉头，摸了摸脸，沾了雨滴，他们抬起头，果然下起雨来。

他们躲进帐篷，雨却越下越大。

小篆：怎么办？

张小安：对不起，天气预报骗了我，太阳恐怕是出不来了。

小篆：没关系，我们改天来。

张小安点点头，然后匆忙收起帐篷，两人牵着手朝山下跑去。

快到山脚时，浑身淋得透湿的他们找到了一个凉亭躲雨，估计得等到天亮才能叫到车了。月光下，两人能看清彼此的脸，小篆冻得发抖。

张小安脱下自己的外套，满是歉意地给小篆披上。

小篆看着张小安慌张又愧疚的表情，忍不住主动抱住他，她抱得很用力，他们的嘴唇很快便碰到了一起。

他们的第一次亲吻，毫无征兆地发生了。

张小安突然浑身颤抖起来，他想克制住这种状态的蔓延，却越演越烈。

他非常熟悉这种感觉，在特校念书的时候这种恐惧的种子便种下了。

他一把推开小篆，瘫坐在地上，大口喘着气。

小篆惊慌失措，蹲下来问："你怎么了？"

张小安依然颤抖着，他知道，那个纠缠了他很多年的魔鬼又来了，得意扬扬地来了，它的嘴角还带着狡黠的笑意。或者说，它从来没有消失过，一直潜伏在某处，等到他快要恢复正常的时候，便从阴暗处跳出来，继续侵犯他的生活。这几年他尝试过很多办法，想把这种可怕的力量连根拔起，但它总会在某一个时刻突然到来，就像一只巨大的强有力的手从天而降，扼住他的喉咙，完完全全地将他操控了。他无比痛恨，却又无法将其歼灭。

小篆试探着伸出手抚摸他的脸,他却躲开了,然后站起身,不顾一切地朝凉亭外奔去,很快便消失在雨中。

漫山遍野的雨声持续地响着,小篆望着张小安逃走的方向,不得其解。

到底发生什么了?

金枝开着公交车,日复一日地在县城闹市区行驶。

到了新都宾馆这一站,张大海下车,他礼貌地对着金枝笑了笑。

金枝抬头,眼前的新都宾馆看起来很气派。常德比这好的酒店多的是,新都着实不算什么,但她统统没去过。

这一天,她没忍住随口一问:"你在这儿上班啊?"

张大海一愣,回答:"对啊。"

"行啊你。"

"凑合,凑合。"

张大海挥挥手,公交车开走,他脸上礼貌的微笑渐渐消失了,短暂的谎言,换来了短暂的面子,当了几秒钟新都的大厨,感觉并没有什么不一样。只是,做了一辈子的老实人,怎么到了六十多岁,竟开始撒着这毫无意义的谎来了呢。

张家的家训是——说老实话,做老实人,办老实事。这么多年来,他都是这么教育儿女的,扪心自问也算是以身作则,结果呢,到头来,子女一个个谎话连篇,而自己,也开始习惯了不说真话。

他又走了一会儿,到了他上班的百味饭馆。

张小安又来百味饭馆取餐,他站在收银台旁边,再次忍不住朝后厨的方向看过去。

自从上次偷偷见过挨批的张大海,张小安心里总有种隐隐作痛的感觉,这个始终为老张家挡风遮雨的倔老头,其实在这里,也不过是个小学生。

顾客突然把筷子朝桌上一扔,闹了起来:"老板!老板!"

店老板赶来:"怎么了?这位帅哥!"

"你这西红柿炒蛋是哪里的做法?"这顾客是个瘦高个男子,满脸挑衅的神情。

"看您说的,当然是咱们常德的做法啊!"

"那怎么没放糖?"

店老板听这阴阳怪气的问题,有些无奈,自己懒得应付,只好看了一眼服务员:"这个菜谁出的?"

服务员回答:"张师傅。"

一听张大海的名字,店老板就表现出不耐烦的神情:"叫他出来。"

"好嘞。"

张小安拎着外卖袋正要离开,却撞见张大海边在围裙上擦手,边急忙从后厨跑出来,两人四目相对,还没来得及打招呼,张大海赶紧挤出讨好的笑脸面对顾客。

他客气地问:"您好,这菜是我做的,有什么问题吗?"

顾客见有店老板撑腰,得寸进尺:"西红柿炒蛋为什么不放糖?"

张大海解释道:"湖南菜本来就不放糖。"

顾客又问:"湖南有没有糖醋排骨?"

"有。"

"那糖醋排骨放不放糖?"

"放。"

"那不就结了。谁跟你说湖南菜就一定不放糖,西红柿炒蛋本来就应该放糖,我十八块就吃这么个玩意儿!"

店老板瞪了张大海一眼,怒道:"你站着干吗,去重做一份啊!"

明明是顾客捣乱,却好像是他的错一样,做了二十几年的西红柿炒蛋,从来就没放过糖啊。张大海忍住怒火,点点头,准备去后厨。

张小安见张大海被欺负后卑躬屈膝的样子，咬咬牙，想要冲上前教训这个顾客，张大海赶紧对他使了个眼神，让他快点离开，然后故作兴高采烈、谄媚地回到后厨，大喊一声："8号桌西红柿炒蛋再来一份！"

张小安恶狠狠地瞪了一眼那瘦高个顾客，然后懊恼地推开门走了出去，用力地摔了一下门。

"现在送外卖的都这么没素质吗？"

那顾客矫情地白了一眼张小安的背影，自言自语道。

水晶宫没有了促销活动，但花炮依然大手笔请客来泡澡。洗浴套票包含一顿自助餐，两人胡吃海喝，肚子撑成了篮球，那不太新鲜的基围虾，一人来了四斤，要不是张小安制止，恐怕两人从此便上了水晶宫的黑名单。

水池里，花炮游来游去，留意到张小安的状态不对，他一直发着呆，对浴场里的新鲜玩意儿没有表现出丝毫好奇心，于是拍了拍他的肩。

花炮依然是那不标准的手语："你有心事？"

张小安："怎么赚钱比较快？"

花炮笑了："我如果知道，早就发财了啊，我还在等什么呢?"

张小安也被逗乐了。

花炮:"对了,你为什么想开餐馆?"

张小安:"我会做饭。"

花炮:"真的?以前怎么不知道?"

张小安:"我不想跟我爸做同样的工作。"

花炮:"现在又想了?"

张小安:"我不能送一辈子外卖,再说,我也不是很讨厌做饭。"

花炮点点头。他很赞同,他也想过自己的出路,年纪轻轻还能风雨无阻,靠体力挣钱,但总不能骑着小破电动车跑一辈子啊。但这个念头在他脑海里常常只会停留几秒钟,用朋友们对他的评价来说就是,花炮只在乎自己死没死,没死,那就继续活。

这是张小安最羡慕的地方,花炮总是那么无忧无虑,活得有滋有味。

要说厨艺,张小安绝对不比张小云更有资格接张大海的班。张小安聪明好学,但他极少下厨,对他来说,好吃难吃都只是填饱肚子,图一时之快,最后都得消化排泄,只是个营生的行当。张小云却爱钻研，一看就懂，举一反三，还会自己琢磨着开发一些新菜。君君还活蹦乱跳的时候，她不管工作多忙，一日三餐，如有魔法，都是满满一桌创意十足的新鲜菜式。只是，那民间传说中的"留住一个男人，最重要的是留住他的胃"这种说法，在张小云这里似乎并不顶用。她做得一手好菜，却依然留不住王志鹏的心。

又是满满一桌，精雕细琢的手艺——醋炒蛋、爆炒腰花、土匪猪肝、辣椒炒肉，还有一道最简单的榨菜肉丝汤，放了一点干辣椒调味，这是张小云最拿手的，光就着这汤，也能多吃两碗饭。

她和王志鹏面对面，沉默地各自吃饭，她伸手给王志鹏夹菜，他却端起饭碗表示婉拒，并不领情："我自己来。"

张小云只得把夹的菜放自己碗里，两人继续各自吃着，气氛压抑。

吃着吃着，张小云突然把碗摔在桌上，哐当一声响，王志鹏却若无其事地继续吃，他似乎掌握了对付张小云偶尔发疯的密码，处变不惊，云淡风轻。

她哽咽着，说："你要是敢走，我就去你单位闹。"

"我不是没走吗？"王志鹏声音不大不小，不吵不闹，却冰冷得让人不寒而栗。

"反正我丑话说在前头。"

"行,我知道了,反正……我单位的领导也不是没有见识过。"

王志鹏说的那次,是在他第一次向丁医生打听放弃治疗的手续之后,张小云从医院得知了他的意图,当下就杀到了他单位。

那天幸亏没多少人在,正好是午休的时间,王志鹏生平第一次知道一个女人的怒吼尖叫声居然可以这么震耳欲聋,张小云像被雷公电母附体,杀气腾腾地叉着腰站在他单位办公大楼三楼的走廊骂了他半小时,集齐了所有常德话里最难听的脏话,一直骂到她大脑缺氧,晃晃悠悠差点站不稳。

王志鹏单位的实习生搀扶着张小云坐下,她才消停下来。王志鹏完全应付不来,因为在那一刻他觉得根本不认识眼前的这个女人,这是他相濡以沫的妻子,是他深爱过的宝贝,是五中温文尔雅的历史老师,家人眼中的文化人。在此之前,她连放了血的鸡也不敢剁,牛蛙火锅不敢下筷子,吃烤串见到蚕蛹会尖叫,而此刻,她像个凶神恶煞的女魔头,分分钟能把王志鹏生吞活剥。他真真正正地害怕了。

"知道就好。"

张小云捋了捋头发,恢复了平静,自己盛了碗汤喝。

洗完澡，张小云在浴室吹头发，对着镜子小心翼翼地涂抹保养品，一层又一层。最近她开始注意起保养来，不得不花点心思了，女人再厉害，扛不住老啊。

和王志鹏分居一年多了，两个卧室，井水不犯河水，虽然像夫妻那样凑合着过日子，但他们都知道，就像一块立在悬崖边上的砖头，风轻轻一吹，就跌进万丈深渊，粉身碎骨了。

张小云走出浴室，见王志鹏的房间紧闭着，他想必正在玩手机游戏或者看书。他已经学会了如何对付张小云突如其来的爆发，当然，张小云也对他日常的冷若冰霜熟视无睹了。两个人，就像两只无心恋战的鸵鸟，解决矛盾最好的办法就是把头埋进沙子里，算得上是一种悲凉的、滑稽的、无奈的、很新的婚姻生活。

她走进自己的卧室，站在镜子前，嫌弃睡衣上的褶皱，看了看自己的肚子，又摸了摸手臂上的赘肉，然后再换了一件睡衣，对着镜子又左看右看，依然不太满意。

最后，她选了一件有些暴露的睡衣，走到王志鹏房间门口，犹豫了一下，敲了敲门。

许久，王志鹏才开门，打量了一下她，皱了皱眉。

"干吗？"王志鹏小心翼翼地问。他刚把头从沙子里拔出来，并不想惹事。

张小云没有回答，冲进去抱住王志鹏热烈地亲吻了起来，同时解开了他衬衣的纽扣。

"你又发什么疯？"王志鹏伸出手阻拦着。

张小云此刻力大如牛，不顾一切地吻着王志鹏，喘息着："都两年没有了，志鹏，今天无论如何咱们得……"

王志鹏阻拦不得，被张小云压倒在床上，显然没有做好迎接张小云这突如其来的暴风骤雨的准备。他像是想起了什么，痛苦地皱起眉，然后用力推开张小云，扣好纽扣。张小云全然没了讲台上的镇定，又赖皮地纠缠了过来，却依旧被他推开。

张小云忍不住号叫起来："王志鹏！我贱啊！"

两人陷入一种尴尬的沉默，寂静得可怕的房间里，只有他们的呼吸声。

好半天，王志鹏说了句："我不行。"

"要不……你吃点我的药？"

王志鹏摇了摇头，他的眼神变得哀伤起来。他看着张小云，有些愧疚地说："这两年，一想到君君，我就不行……小云，真的走不下去了。"

张小云听完一惊，突然大哭起来。

"唉，又来了。"王志鹏摇摇头。对于安慰妻子，他已经词穷了。不知从什么时候开始，他已经丧失了温柔的能力，面对张小云反复的痛苦与责备，他有种无法言喻的疲倦，那种浓浓的、无力的、摆烂的疲倦。

她擦了把眼泪，带着哭腔说："我知道，你还在怪我。"

"没有，但你多留一点心，他就不会跑去阳台……"

"是你要装修的！我又没有三头六臂，怎么能时时刻刻盯着！"

张小云吼完这一句，又失态地哀号起来。

王志鹏懒得劝了，他就像个木头人一样，坐在她身边，一副要杀要剐随你便的姿态，任由她的哭声穿过居民楼，飞到九霄云外。

花炮带着张小安穿过白马湖公园后面的小巷，来到了一个茶楼的棋牌室，十多桌麻将正在厮杀着。

花炮和张小安见空了一个位置，马上坐下。花炮歪脑筋比较多，说起赚钱，如果嫌送餐来得太慢，就只能来这种比较隐蔽的棋牌室打牌挣钱了，输赢看命。张小安提了好几次想攒钱开餐馆，花炮思来想去，就这一个法子，赌一把。

张小安是个棋牌小白，但聪明过人，学得很快，迅速就可以独立战斗。他紧锁眉头，看着每个人拿的牌和打出的牌，心里盘算着，很快就能猜到对手的牌。

赢了一场又一场，不出三小时，面前竟然堆了两三千块现金，哥俩儿开心得击掌，还是花炮主意多。

棋牌室的负责人像是香港电影里的古惑仔，穿个白背心，露出大花臂。"古惑仔"注意到一直赢钱的张小安，看着桌上那一堆钱，他皱了皱眉。

另一桌，却是张大海的邻居马宝莲，棋牌室也是他的主场之一，广场舞跳累了，就来这里小赌怡情。他是洞庭湖的老麻雀了，虽然家小业小，但见的风浪不少，从不指望在棋牌室发大财，输一点就借口撤退，赢一点也懂见好就收，手气不佳的时候就当个看客，过过干瘾。时间打发了，偶尔赢点菜钱，输了也不心疼。

马宝莲回头一瞥，刚好看到了张小安，他以为看错了，再三仔细辨认，熟练使用手语的小伙，还能有谁，他十分确定就是老张家的小儿子。

马宝莲从小看着张小安长大，三姐弟中就张小安回家回得最勤，几个月前张小安还来看张大海，拎了一箱老年钙奶和一包南方黑芝麻糊，张大海吹嘘了一个星期。唯一让人意外的是，张小安自小就内向敏感，因为不会说话所以见人就躲，竟然会出现在这样的场所,让人不解。

马宝莲赶紧拿出手机向张大海通风报信,发了条微信说:张老倌,你儿子在陆羽茶室打牌,玩很大。

张大海不屑地秒回:胡说八道!

马宝莲偷拍了一张照片,发给张大海,对方没回了。

张小安连和十多把,对面的对手离场,又补位一个新的对手。他继续专心地搓牌、码牌,拿着骰子给对面的新对手,然后愣住了,对面坐着补位的新对手竟然是气得直哆嗦的张大海,他像个冒着烟的火山,随时准备爆发。

张大海站起身,一巴掌拍在桌上,全场数十人都朝这边看过来。

"张小安!你出息了!学会赌了!"

花炮吓得直哆嗦,这一闹大了,他可是罪魁祸首,赶紧劝解道:"叔叔,叔叔,我们今天第一次来,就图个乐,不算赌,不算赌!"

张大海不理睬花炮,瞪着张小安,等他的解释。

张小安被他这么一激,也站了起来,不出声,他与张大海四目相对,空气凝固得像一块悬挂在天花板上的冰,随时会炸裂。

张大海大声吼道:"你要这么多钱干什么?"

张小安毫无反应,他不怕丢人,从小被嘲笑长大,这对他来说算不得什么,倒要看看张大海在这样的场合会拿他怎么处置。

张大海走过来,一把抓住张小安的手朝外走去。这时,茶楼出现十余名打手,带头的"古惑仔"恶狠狠地拦住他们。

"古惑仔"的常德话并不纯正:"演给哪个看啊?赢了钱就想走?"

张大海松开手,赶紧把张小安桌前的现金一把抓起来,塞到"古惑仔"手里。

张小安见张大海抢了自己辛辛苦苦赢来的钱,想要上前阻止,却被张大海一把推开。

张大海转身讨好地说:"兄弟,小孩子不懂事,打扰了。"

此刻他只想尽快拉着张小安离开,儿子太简单,这些人惹不起,不能逞英雄。他很懂审时度势这一套,对子女吹胡子瞪眼,在"百味"就做个老老实实的打工仔,眼下这个是非之地,更是要扎扎实实扮个孙子。

"古惑仔"伸手拦住他们:"等会儿,你这么一闹,是不是得赔点儿误工费啊。"

张大海点头称是,随即从兜里掏出几百元,塞给对方,挤出巴结又不合时宜的笑容。

"打发叫花子啊?"古惑仔点了点钱。

"我没带那么多钱,你看我们也没耽误你们多少时间,你们继续……"

"古惑仔"使了个眼神,旁边的手下迅速拿出一张二维码,然后笑着说:"可以扫码!"

张大海慌张了,扫码可不行,那就没头了。他琢磨了一下,这赢的钱也退了,还贴了几百块,道理上不输对方了。于是,他紧张地环顾四周,突然推开"古惑仔",拉着张小安朝门外冲去,无奈这是人家的地盘,两人很快便被众人拦住。

"古惑仔"气得牙痒痒:"老东西!"

他给了张大海一耳光。

张小安呆住了,他愤怒地拿起手里的头盔砸向"古惑仔",十多个人朝张大海、张小安和花炮扑来,大家打成一片,茶楼顿时像一锅烧开的粥,扑腾翻滚着。对方人多势众,张大海为救张小安挨了一记猛拳,从楼梯上滚了下去,额头顿时流出鲜血,左手也撞在栏杆上,红肿一片。

张小安扶起张大海,面对一群牛高马大的小混混,他没有任何胜算。

门被踹开,几名警察夺门而入。

多亏了老麻雀马宝莲偷偷报了警，免了一场大战。

张大海的额头上了药，手臂也贴了膏药，他坐在沙发上，周围坐着三姐弟。他似乎忘了刚在棋牌室动了怒，打了架，甚至有点感谢这场风波，要不然根本没办法把姐弟三人一起叫回家。他早就不气了，但依然装作怒气冲天的样子，偷偷仔细地看了看眼前的三个人，依然是那样文静的张小云，浓妆的张小穗，还有这个刚犯了错的张小安。

"咱们一家，好久没聚了。"张大海看了一眼素平的照片，"一会儿拜拜你妈。几头倔驴，不想见我，也不想见她吗？"

姐弟们不吭声，张大海起身拿电视机遥控器时，磕着了受伤的手臂，疼得直叫唤。三姐弟同时起身，都露出关心的神色，张小云想要上前搀扶张大海却又拘谨地坐下，张小穗见都站了起来便坐下，张小安拿起遥控器递给了张大海。

张小云补了一句："当心。"

张小穗翻着白眼，嘟囔着："一把年纪了，还学年轻人打架，也不掂量掂量几斤几两，打赢坐牢，打输住院啊，要不是马伯伯报警，现在估计还在ICU没出来。"

张小安自知"罪孽深重"，垂头而坐，一副听候发落的姿势。

众人静默着，电视上正播放着湖南文体频道的《大富之家》。

张大海瞥了一眼电视屏幕，然后说："今天既然都来了，借着弟弟这个赌钱的事，我想跟你们几个聊聊这个钱的事。我知道，你们几个都缺钱。"

张小穗插嘴："张老倌，你放心，我再缺钱都不会赌，我心理素质不好，输了钱我会跳楼。"

张小云似乎听出张大海别有他意，于是顺着张小穗的话说："爸，弟弟一时糊涂，您也别生气了，今天闹这么大，他肯定不会赌了，至于我，我暂时还行，没那么缺……"

张大海摆摆手，示意她们别打断他的话，继续说："别跟我逞强，知子莫若父，你们一个个都是我养大的，我还不晓得你们。在社会上闯荡不容易，你们也都是普通人，做什么都不可能那么顺当。我今天想趁这个机会，立个新的家规，我琢磨很久了，难得今天都在。"

三人面面相觑，不明其意，都不免有些紧张。

张大海想了想，一字一句地说："以后每周六，排除万难，风雨无阻，回家吃饭，陪我看电视。"

张小穗抢着问："看电视？爸，电视一个人看不香吗？"

张小云也问："看电视剧？还是综艺？"

张小安打了个手语:"一起看?为什么?"

张大海指了指电视屏幕,回答:"文体频道的《大富之家》,你们先看一眼。"

屏幕上,《大富之家》的主持人正在揭晓上周的节目中奖名单,主持人在舞台上激情四射,气氛高潮,现场观众也屏住呼吸,最大奖送出去二十万,全场连声惊叹,掌声雷动。

张小安不由得也跟着鼓起掌来。

张小穗:"你说每周中奖的都谁啊?"

张小云:"运气好的人呗。"

张大海拿出笔和一张新的参奖券,示意大家别讨论了:"立个规矩,以后每周都一样,前面六位是今天的日期,最后四位,一人贡献一位,这样中了奖,大家一起分。"

张小穗乐了,连连推辞:"我这辈子喝可乐都是再来一罐的命,就不参与了。"她不是说笑,从小到大,她都没有什么财运,办个信用卡还会被盗刷,网购常买到假货,辛辛苦苦攒了一点钱,都被高强这个砍脑壳的骗走了。为了这个极小概率的奖,每周来陪老头子玩这种白日梦游戏,她宁愿在"飞歌"加班。

张小云好奇心使然,她并不抗拒,只要有一点点机会可以挣钱,她都不想错过:"爸,你什么时候迷上这个了?中奖的概率大吗？"

张小安打着手语问："这节目是真的送钱吗，网上有人质疑呢，说都是电视台自导自演的，现在这种综艺都是糊弄观众的吧？"

三人交流起来，大家争先恐后地发表着自己的观点，最后得出个结论，三人统一意见，都觉得参加这种抽奖的胜算太小，可能性几乎为零，一大家子没必要为了这么个事情这么折腾，尤其是周六这么黄金的时间，应该留给更重要的事。

张小云："爸，你觉得呢？咱们踏踏实实工作，不指着发偏财。"

张小穗："要玩你自己玩，我最近霉运体质，老天爷不待见我。你信不信，二十万就算到了门口，一开门看见我在，一溜烟就跑路了。"

张小安："参与这种节目，跟赌有什么区别呢？"

张大海沉默半晌，很不开心地说："行，你们不回来，我就每周去看你们。"

这天轮休。一大早，张大海走出小区，准备去附近的林荫道散散步，呼吸一下新鲜空气。突然，有辆小车跟着他同步前行着。

他起初没在意，走了十几米，发现这车一直跟着自己，扭头看了看，车窗摇下来，开车的是马宝莲。

马宝莲嬉皮笑脸地打着招呼，音调高得有些不自然："张老倌，这么早。"

张大海略有些诧异："你的车啊？"

马宝莲得意扬扬："哈哈，儿子给我买的，羡慕吗？"

"羡慕个啥。我儿子女儿以后每周六回家吃饭，陪我看电视！你一个留守老人，买车干什么，开滴滴吗？哈哈哈！"张大海越说越嗨，这时给他放段音乐，他能跳起舞来。他正愁没地方炫耀，马宝莲的出现及时给了他一个舞台。

"瞧你酸的！你就是不会开！"

张大海不屑地瞪了他一眼："我不会开？你别嘚瑟，我开车的时候你还在村里挑大粪！"

张大海端坐在驾驶座，摸了摸方向盘，点火，踩油门，他开着马宝莲的车驶入林荫道，刚上手，便飞驰起来，他兴奋得边开边喊着。

马宝莲坐在副驾驶座，看张大海开这么快，他有些紧张："慢点慢点！眼观四面，耳听八方！你悠着点啊张老倌！"

张大海瞥了他一眼，说："有什么好怕的！我又不是新手了！"

前方遇到两棵树，张大海放慢速度。

马宝莲连忙制止他："过不去，绕开。"

张大海瞪了他一眼，无比笃定地说："过得去！"

"你懂我懂？过不去！"

"肯定过得去，开车就是要胆大心细，你这个样子开不了车！只能骑驴！"

"真的过不去！张老倌！"

"过得去！"

"过不去！"

话刚落音，车卡在两棵树之间。

马宝莲愣住了，心疼得不知所措，眼泪都要飙了出来，他看了看张大海，正要哀求张大海倒车，不要霸蛮。

张大海理都懒得理马宝莲，撇撇嘴，猛踩一脚油门，车从两棵树之间硬生生穿过去，车身被树划了两道长长的、成片的划痕。

张大海踩刹车，总算是停了下来。

五秒钟，新车变成事故车，这要转手，只能卖一半的价了。

张大海缓了缓，倔强地说："我说了能过，还不信。"

马宝莲一言不发，呆了好半天，颤抖着下车检查。看着

这两道大面积的划痕，马宝莲终于忍不住爆发，他打开驾驶座车门，一把拉出张大海，挥舞着拳头咆哮着："张大海你个遭千刀的！说了过不去！你给我赔！"

张大海自知理亏，安抚道："赔就赔！有什么了不起！别急嘛！这点划痕，喷点漆，一天就搞好了。"

马宝莲松开手，大声哀号起来："我的新车啊！造的什么孽啊！"

"好咯好咯，我赔，我赔行不行。"张大海淡定地笑着，点了根烟，被马宝莲的哀号声逗得越笑越起劲。

马宝莲号着号着，突然没忍住，也跟着张大海笑了起来。

张大海也给马宝莲点了根烟。

马宝莲缓了缓，深吸一口烟："老东西，不听话，倔得像头牛。"

"随你骂，今天我认尿。"

"你还晓得认尿？我跟你说，业委会天天逼我劝你同意装电梯，我都给你挡回去了，我说这个老倌子倔，讲不听的。"

"你劝也没用，我不会同意的。"

"总有个理由吧？我咋跟他们解释啊？"

张大海沉默了一会儿，然后说："素平以前喜欢在阳台种些花花草草，她就这点爱好，电梯装了挡太阳，我怕种不好，

种不好，素平就不认得路，回来了找不到家，她会害怕。"

马宝莲没吭声了，仿佛做错事的是他。

张小云的板书刚劲有力，像男人的字迹。

"今天这一课，我们要讲的是灿烂的青铜文明……"

刚讲到这里，突然有个鬈发中年女子不顾保安的阻拦冲到了教室门口。学生们纷纷朝外看，那鬈发女子来势汹汹，一路大喊着张小云的名字。

"张小云！张小云！你给我出来！"

张小云看向教室外，仔细打量着鬈发女子，脑海里迅速搜索了一遍，确定并不认识她。还未开口，鬈发女子挣脱保安，泼来一盆水，张小云淋得很狼狈，学生们开始起哄。

鬈发女子撒着泼："你个不要脸的东西！勾引我老公！"

这话一出，教室反而安静了，大家屏住呼吸，竖起耳朵等待八卦。

张小云压抑住怒火，擦了把脸上的水，问："你老公是谁啊？"

鬈发女子的声音引得其他教室里的学生也探头看了过来。

"桥南的梁东骏啊！你是腿子太多了搞不清吧！我查了微信记录才发现，动不动给你转账，一转好几百！今天你给我

说清楚！你们到底什么关系！"

张小云捋了捋头发，很是淡定："梁东骏啊，我认识，买了我的货。"

鬈发女子有些尴尬，她突然意识到可能是误会了对方："买货？什么货？"

"买的壮阳药。你该高兴，来买的都是爱老婆的。"

"哦，你一个老师，还卖壮阳药，真新鲜……"鬈发女子瞬间正常了许多，同时也尴尬起来，毕竟这是五中，不是桥南的批发市场。

"当然，也可能是外面的小姑娘太多了。"张小云不忘补刀。也不知哪儿来的勇气与兴致，或许是因为已经闹得如此难堪，她有种破罐子破摔的快感，撕掉五中历史老师的外衣，一个女人要成为泼妇还不容易吗？她又不是没泼过。

鬈发女子被激得暴跳如雷，张牙舞爪，边嘶吼边冲过来："你放心，我老公跟我好得很，你管管你自己，你一个五中的老师，给不认识的男人卖药，你安的什么心！"

她越骂越有劲，保安赶紧拽住她，把她赶了出去。

那鬈发女子想必也是等着保安来制止，借此找个台阶下，不然传了出去，常德这地方低头不见抬头见，她老公真没了脸面，回去找她算账，吃亏的也是她。

张小云拿着黑板刷敲了敲黑板，学生们都被张小云的淡定镇住了，认真地看着黑板。

"继续上课，看黑板。首先我们来了解一下司母戊鼎，大家翻到第一页彩图，这是世界上现存最大的青铜器……"

张小云坐在教务办吕主任办公桌前，听候发落。

吕主任是五中的老领导了，以前教英语的，在工农兵大学进修过，业务水平一般，读英语时一股子奇怪的口音，像是英国农村人，常被学生笑话。但他对五中忠心耿耿，教了十多年书，后来调离教师岗位，又用了近十年的时间，从普通干事做到了主任，凭的依然是对五中的忠心耿耿，以及张口闭口的"尊师重教"。

吕主任一副恨铁不成钢的表情，坚定、肯定、确定地批评道："干微商，卖的还是壮阳药，这对五中的负面影响太大了！"

张小云看着窗外，眼神有些飘忽："是干微商不行，还是卖壮阳药不行？"

"都不行！"张小云这堪称吊儿郎当的姿态瞬间激怒了忠心耿耿的吕主任，他不能接受堂堂五中的历史老师这副模样，怎么教书育人，更何况，还是个女老师。他拍着桌子，语气严厉,"入校第一训是什么,为人师表,为人师表!你做到了吗?当老师,不能被金钱蒙蔽了双眼!"

他一直碎碎念着,张小云略微低着头,双眼无神。

忍耐许久,张小云突然站了起来,眼神凌厉,一副要英勇就义的架势。主任见状有些意外,平常对任何老师训话都没有出现过这样的剧情,张小云这一站,属实有些超纲了,他马上闭嘴,看着居高临下的张小云,苍老的手微微发起抖来。

"你……你要干吗?"吕主任问。

张小云憋足了劲,表情狰狞,然后声嘶力竭地大叫了一声。那一声仿佛一把利剑,把吕主任的胸口刺穿,砍碎了玻璃,在层层榕树的枝叶中杀出一条血路,直冲天际。

吕主任额头上冒出汗珠,吓得浑身哆嗦,只能呆坐在椅子上,一秒一秒地等待时间过去。

许久,吕主任试探着问:"张……张老师……你没……没事吧?"

张小云如释重负,捋了捋头发,趾高气扬地离开了办公室。

主任办公室门外围着一群以康老师为首的八卦爱好者,就像那些无处不在的男偶像的"私生饭",见张小云突然推开门,"私生饭"们哗啦一下散开,大家若无其事地各自忙活去了。

只有康老师尾随着张小云,欲言又止的模样。

"康老师,你有事吗?"张小云停下脚步,此刻她有种生人勿近的气场。

"没什么事,我是想问……你卖的那个药,利润高吗?"康老师凑过来,小声问。

"怎么,你想跟我一起干啊?"

"是啊,是啊,挣一点是一点啰,谁跟钱有仇啊。"

张小云笑了笑,还以为是什么事呢,原来又发展了一个代理。

唉,既然都知道了,那就干脆敞开了去做,为君君挣钱不丢人。

她默默对自己说。

张小云坐在病床边,手里捧着童话书《小王子》,轻声读给君君听。

"我在想星星们闪闪发亮是不是为了要让每个人找到回家的路。他说:'看,我的那颗星星,恰好就在头上却距离如此遥远!'小王子没有勇气承认的是,他留恋这颗令人赞美的星星,特别是因为在那里每二十四小时就会有一千四百四十次日落……"

这曾经是君君每天的最后一个节目，洗漱完，赖在张小云身边，缠着要听小王子的故事，要学他画一只绵羊送给班上的小姑娘。

这两年，他一直没有醒来，但张小云并没有终止这个节目，她总觉得君君一定听得见，久而久之，她对此深信不疑，甚至觉得如果漏了一天，君君心里是不开心的，还会露出赌气的微表情。她觉得这不是错觉，尽管丁医生、王志鹏、张大海等等几乎所有人都告诉她，这就是错觉，君君是没有意识的，他现在只是在医学上没有宣告死亡，但已经跟一棵植物一样，没有了思想与情感的功能。但，她依然固执地认为，这些人都错了，没有人比一个当妈的更懂自己的儿子。这孩子，跟他妈一样倔，哪怕躺在这里，得用呼吸机才能生活，也不能少了《小王子》，这是他在意的事，任何时候都不会变。至于他什么时候醒来，张小云知道，他想醒来的时候，必然就会醒来了。儿子的生死，轮不到外人来判定，这是一个妈妈的底线。

同一病房还住了个十岁左右的女孩，情况跟君君差不多，她的母亲周雯在一旁悉心照料，看穿着打扮，家境或许还不如张小云，但那股子"我命由我不由天"的倔劲儿，一点也不输她。因为对方是女孩，周雯照料得更为细致，时不时为女儿欣欣梳一个新款的好看的辫子，扎上廉价却又可爱的粉色蝴蝶结。

周雯与张小云并不熟识，但因为子女同一个病房，所以也渐渐有了一些默契，偶尔还会互相帮衬。

护士不知何时来到病床边，张小云刚好读完，平日里她很讨厌别人打断她给君君读书。于是，她放下手里的书，看看对方是要交代什么。

护士小心翼翼地试探着："张老师，丁医生让我过来问问您……"

张小云见护士一副难以启齿的样子，有些不解："我前两个月的补齐了啊，后面的我应该不会晚缴，我现在……生意还可以。"

护士摆摆手："不是不是，因为……因为这都两年多了，其实……"

张小云的眼睛直勾勾地看着护士："其实什么？"

护士鼓起勇气地说："这两年多，我们都挺关心您和君君的，但这样下去对您的精神状态很不好，我们都担心……不知道丁医生之前的建议您考虑得怎么样了，其实倒也不是床位的问题，您转到哪儿去，君君也醒不来，要不还是……拔了吧，放弃治疗的手续很简单，君君也不遭罪……"

张小云一声不吭，护士也不敢再往下说。

"滚。"张小云吐出一个字。

护士无动于衷。

这是护士今天的任务，丁医生不想出面，交代了她无论如何说服张小云不要再白费功夫。这不是医院不想负责，张小云是明事理的老师，处心积虑、砸锅卖铁也不会真赖医院的账，只是从医生的角度来说，张小云的偏执已经有些病态了，再这样下去，她自己倒该看看医生了。

张小云使出怒吼吕主任的劲儿，厉声呵斥："滚！"

眼看一场暴风雨即将来临，一边的周雯赶紧起身把护士拉了出去。

张小云无精打采地和周雯并排坐在病房外走廊的长凳上，好半天她才缓过来。

其实她挺后悔刚才对护士的态度，人家小姑娘没有错，例行公事，都是领导下达的任务，但没办法，君君是她的软肋，碰不得。

她很感谢此刻周雯这种一言不发的陪伴，她没多少朋友，工作的繁忙与生活的琐碎让她几乎没有社交，同学聚会从不参加，其他场合认识的朋友也没有机会联络感情，只有周雯，她们有着共同的命运与期待，她知道周雯懂她，都是不甘心的妈妈，不用说什么对方也能理解，不会觉得她是神经病。

周雯轻轻拍了拍她的手:"他们也劝过我。"

张小云看着她憔悴的脸,问:"你怎么说?"

"当然不同意。"周雯语气坚定。

张小云赞许地点点头,这是她想要的答案,确切地说,这是她非常需要的答案。她希望有人跟她同呼吸共命运,并且目标一致,坚持到底,这样才会让她觉得这种看似疯狂的执拗是正确的。

周雯静默许久,说:"但我恨我自己。"

"为什么?"张小云紧张地问,她绝不允许周雯否定自己。

"你知道吗?他们在劝我的时候,有一瞬间我居然觉得……他们会不会是对的。"

张小云看着周雯,不知说什么才好。她没有像对待其他人那样斩钉截铁地反驳,因为这种感觉她也曾有过,那种自始至终秉持的信念,偶尔会在被千夫所指的某一刻,突然摇晃起来。我会不会错了——这样的念头其实一直都存在着,只是被她强大的力量生生压了下去。

周雯继续说:"我不能原谅自己的,是我竟然有过这个念头,如果当时我没有制止自己,这个念头就会变成真的,那我就彻底失去欣欣了,想想都后怕,还好,我最后坚持了下来,欣欣肯定会醒来,君君也会的。"

张小云松了口气,不再说话,她紧紧握住周雯的手,两个人都有一些颤抖。

第五章 败类

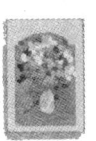

这个下午"飞歌"的顾客很多，张小穗有些忙碌，她今天不上通宵班，想到晚上能舒舒服服追个剧，工作起来都比平常更有干劲。在门口晃荡的可乐时不时隔空对着张小穗扮个鬼脸。她翻了个白眼，心里暗暗说了句，幼稚。

忙碌的间隙，张小穗突然想起那个陌生的微信好友超级英雄，于是拿起手机，跟他有一搭没一搭地聊了起来。

张小穗：你在哪儿见过我？

超级英雄：秘密。

张小穗：为什么加我？

超级英雄：因为我很喜欢你。

张小穗：男人的嘴，骗人的鬼。

超级英雄：骗你是小狗。

张小穗：不认识的人，说我像个坐台的，哈哈哈。

超级英雄：什么是坐台的？

张小穗偷偷看了一眼不远处不时对她傻笑的可乐，他手里正拿着手机，张小穗琢磨着，怀疑是他发的微信。

提示音响起，对方又发了信息过来。

超级英雄：管你像什么，我都喜欢。

张小穗：小嘴真甜，你长什么样，发张照片看看？

超级英雄：约会的时候不就知道了。

张小穗笑了笑，她越来越怀疑"超级英雄"就是可乐这个幼稚鬼。

前台没了顾客，张小穗拿出一面小镜子照了照，抬头，发现可乐站在面前，把她吓一跳。

可乐小声邀请："约个会呗。"

旁边的女同事忍住笑，捅了捅张小穗，这是她们多少人梦寐以求的。

超级英雄，果然是他，哈哈！

这种小把戏竟然让张小穗短暂地忘记了正在面临的巨大难题。她不甘心被生活打倒，于是，又开始酝酿着新的计划来对抗起生活。

"我总要扳回一局的，不能总是倒霉吧。"张小穗在心里对自己说。

张小穗没有拒绝可乐的邀请，这是她计划的第一步。

他们来了马路边的烧烤摊。可乐和另几个附近的保安一起喝酒，光着膀子划拳，这些都是他的好兄弟，一起喝酒吹牛，一起凑钱吃火锅，一起展望并不存在的美好未来。张小穗破天荒地坐在其中。因为她的存在，让这些光杆司令格外兴奋，划拳的呼喊声都比平日里高了几个分贝。

可乐热情似火，但张小穗有些冷漠，她偶尔提醒自己强行打起精神，却演技太差，很快又蔫了起来。跟高强谈恋爱的时候，他带她吃香喝辣，路边的烧烤摊她是不会来的，穿着高跟鞋超短裙，路边的小板凳怎么坐？再说了，她张小穗是个身娇肉贵的美人儿，露个白花花的腿可不是为了来这里喂蚊子的。

其中一个哥们小沛打破僵局："张小穗，你有男朋友吗？"

可乐期待的眼神看着她，心想，好兄弟，问得很自然，天衣无缝。

张小穗挤出笑脸，调皮地回答："有啊。"

可乐紧张地问："谁啊？"

张小穗喝了口啤酒，大手一挥："全世界的有钱人都是我男朋友。"

小沛哈哈一笑："那就是没有呗！"

"滚蛋，有没有关你什么事儿啊？"张小穗懒得跟他们叽歪了，一群莽夫，没意思。

小沛乘胜追击："喂喂，你看看，我们可乐挺好。"

张小穗放下啤酒杯，笑着说："你倒是说说，哪儿好啊？"

小沛拍拍可乐的肩膀："哪儿都好，是吧可乐。"然后他抓起可乐的胳膊，让可乐秀一秀肌肉。可乐不好意思地举起手臂，亮出漂亮的肱二头肌，这是他征服兄弟们的优势，也是他引以为傲的地方。

张小穗没好气地说："再好，也只是'飞歌'的小保安。"

可乐放下手臂，为自己的职业辩护："保安怎么了，中国保安队，扛起枪来就是兵！"

男孩们爆笑。一群傻呵呵的莽夫，一起为可乐灵活运用网络梗而拍案叫绝，毫不介意张小穗写在脸上的轻蔑。

张小穗不接茬，边啃鸡翅边喝酒。她偷偷端详着继续和朋友们划拳的可乐，他有着非常好看的鼻梁和下颌线，既有少年感，又有英气、硬朗的另一面。他的手臂，还别说，肌肉线条真的挺漂亮的，不像有些健身教练那么像充气娃娃，又看起来孔武有力。但她已经过了这种看脸的年纪，上中专的时候男朋友三天两头的换，一个赛一个帅气，但也一个比一个不靠谱，她总是拿星座自我安慰，这个不行，换个别的星座的，直到最后集齐了十二星座才发现，这帮男孩骨子里都跟高强没区别。既然男人都渣，那还不如找个有钱的，来点实际的比较有安全感，脸蛋好肌肉大有什么用，又不能炒了当菜吃。

她想了想，拿出手机，打开超级英雄的微信对话框，回味了一下这个有点儿暖的陌生人，然后拍了一下可乐的肩，问："你有小号吗？"

可乐一愣："没有啊。"

他摇头的样子非常真诚，不像撒谎的表情，他也不可能有这么好的演技。

超级英雄突然发来一条：我们明天约会吧，好想见你，拜托拜托。

她看了看可乐，他并没有碰手机，正在大口喝啤酒。

不是他。

她竟然有些失望。

张小穗叹了口气，回复微信：别撩我，我不想谈恋爱。

超级英雄：为什么？

张小穗：我心死了，我只想结婚。

超级英雄：没问题，那我娶你吧。

张小穗：真的假的？

超级英雄：骗你是小狗。

张小穗：幼稚。

张小穗没忍住笑出了声，放下手机，面前依然是这群愣头青碰杯干杯。

她突然对这个超级英雄更加期待起来，不是可乐，凭空增添了几分神秘，会是谁呢？

她放下酒杯，丢下一句："吃饱了，我回家了。"

众人有些诧异，她一走，又变成一个干巴巴的罗汉局。

可乐可怜兮兮地看着她："啊？再坐会儿呗！"

张小穗看了可乐一眼，不置可否，起身拿起包，回头说："少吃点儿串，都不知道是不是老鼠肉。"

然后，她蹬着高跟鞋，一扭一扭地消失在夜色中。

张小穗焦急地站在麦当劳门口等待着，她回头看了看玻璃门上映出的自己，稍稍整理了一下头发。

谁也不知道她为今天这次见面花了多久时间搭配。选来选去，最后化了个淡淡的妆，穿了条粉色碎花的连衣裙，没有露肩，也没有露沟，一副良家妇女的模样。但此刻又有些后悔，这人主动加她微信，想必生活中也见过她，对她日常的装扮也一定熟知一二，会不会觉得今天这身清水出芙蓉的样子有些装，反而不够真实痛快？

想到这里，她拉了拉两边的领子，稍稍亮出一点肩膀，显得不那么死板和刻意。

然后，她发了条微信给超级英雄：我到了。

超级英雄：五分钟。

张小穗开始激动起来，她看着街道对面的育英小学的校门、花店、小吃铺，看着每个来来往往的男孩，猜想着是哪一个。

过了一会儿，她看见一个打扮时尚、高大的男子，头发还染成了亚麻色，简直是活脱脱的李钟硕，她眼神有些期待地看着他，但他渐渐走远。又见到一个戴眼镜、有些书生气的男子，是他吗？会不会嫌自己文化不够？他似乎要朝自己走来，最后却在路边拦了一辆出租车离开。她再次失落。

这时，背后有人拍了拍她。回头，是KTV超市方经理的儿子小胖，一个戴着红领巾、背着双肩书包的八岁小男孩。

张小穗惊喜地叫道："小胖！"

小胖笑起来，眼睛眯成一条线，像一个圆圆的地球仪："姐姐好。"

"这么巧啊。"张小穗敷衍着，眼睛仍在四处张望，期待超级英雄的出现。她想要尽快打发走小胖，省得影响她这次非常重要的约会。

"姐姐，我就是超级英雄啊！"小胖还没变声，清脆响亮。

什么？

你是超级英雄？

张小穗瞪大眼睛，低下头，看着他胖乎乎的脸，顿时石化了。

英雄没见到，还倒贴一顿麦当劳。

张小穗和小胖坐在靠窗的位置。小胖吃着鸡翅，满嘴是油，张小穗拿了张餐巾纸帮他擦了擦。方经理人不错，憨厚老实，听说老婆早年跟人跑了，独自带娃。平常没少照顾张小穗，她偶尔贪贪小便宜在超市拿点薯片辣条，假装要扫码付钱，方经理都会说"算了算了，当我请你"。算了算了，这顿麦当劳就当一次性还人情吧。

张小穗苦笑了几声："呵呵呵，超级英雄……真行。"

小胖并未感受到张小穗的失望，反而一本正经地回答：

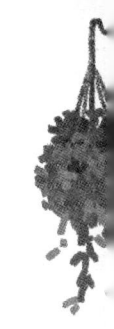

"嗯！我是班长，我要保护大家，以后还要保护你。"

"保护我？"张小穗对这个词很有兴趣。从小到大，谈了那么多男朋友，各种甜言蜜语的话说尽了，却从来没有哪个男人对她说过这个词。张牙舞爪、河东狮吼的张小穗，从小跋扈得像个女杀手，天不怕地不怕，没有人敢说保护她，她似乎也从不需要被保护。

小胖有板有眼的模样让人发笑，他继续说："对啊，我喜欢你啊，所以就有责任保护你，以后我还要和你结婚呢。"

张小穗笑了："傻瓜。"

小胖见张小穗笑得那么厉害，顿时有些不高兴："我是认真的，不准笑。"

"好，不笑，那你拿什么保护我呢？"

"好好学习啊，知识就是力量。"

一时竟无言以对。

是是是，老子这一辈子就是缺了知识，所以才会这么倒霉。

张小穗嘴角上扬，温柔地看着小胖。

吃完麦当劳，张小穗说要跟小胖道别，她担心他回去太晚，方经理会着急。路边等车时，她半蹲下来，拥抱了一下小胖。

嘿嘿，眼前的这个小胖子，居然要保护我，然而他连一顿麦当劳都得让我来请。

出租车到了,张小穗正要上车,看见小胖站得笔直,认真地目送她。

她半开玩笑地问:"超级英雄,等你长大了会娶我吗?"
小胖大声说:"当然!等我长大了就娶你!"
他说这话的时候就像个英雄。
车开动。
张小穗从车窗伸出头笑着对小胖挥手,车慢慢越来越远。
她竟有些哽咽。

张小穗来到这个破烂的小区,走上楼梯,开始敲门。她有些醉意,眼前的走廊摇摇晃晃,走起路来也有种轻飘飘的感觉,脑子里一些莫名其妙的想法开始无限放大。来之前,她一个人在家喝了一瓶红酒,以她的酒量,其实不算什么。但这个晚上,就是挺上头的,不然她怎么会来可乐的家呢?

说是家,其实是"飞歌"给保安们和其他技术人员租的宿舍。

屋子里闹哄哄的,可乐和保安兄弟们正在打牌,桌上一堆烟头,地上全是啤酒瓶。可乐穿着短裤,光着上身,正打得起劲,号得正嗨,丝毫没有理会敲门声。

好半天才有人提醒是不是有人在敲门,可乐才起身,他还以为是声音太大有人投诉,打开门一见是张小穗,很是惊讶。

怎么突然就找上门了,也不提前打声招呼,这一片狼藉,还没收拾呢!可乐站也不是,坐也不是,他想象中的第一次请张小穗做客,应该提前三天收拾归置,然后喷上香水,准备好水果和红酒,把同住的兄弟们都赶去网吧包夜,而不是像现在这样,真真正正的臭男人,坐实了!

屋内一片寂静,众人齐刷刷望向门外。

张小穗丝毫不在意,眼神直勾勾地盯着可乐,旁若无人地说:"你哥们儿不是说你挺好的吗?"

"啊……"可乐有些蒙,随即挺直腰板,亮出他结实的胸肌,"是啊!"随即又有些后悔,还没来得及充血呢,刚健身完的一小时效果最佳!

张小穗打量着他:"你哪儿好?"

可乐语气坚定:"哪儿都好!"

张小穗没有给自己思考的时间,说:"做我男朋友。"

她连"吧"字都没有,不是疑问句,而是祈使句。她并没有征求可乐的意见,而是通知他,姐们儿来了,点名让你做男朋友,你今天答应也得答应,不答应也得答应,没得商量!

可乐瞪大眼睛,手足无措。张小穗走上前,也没有给可乐思考的时间，嘴唇凑过来，吻住可乐的嘴。

这谁顶得住！

全场鼓掌，欢呼声一浪高过一浪。

两人疯狂地亲吻起来，可乐边吻边偷偷做了个手势让兄弟们离开。

一旁看傻了的兄弟们识趣地扔掉手里的牌，冲出门外，关上门。他们躲在门外偷听，突如其来的"闹洞房"让每一个人都像打了鸡血似的手舞足蹈。

可乐！兔崽子！出息了！真给兄弟们长脸！明天不跟我们说细节就阉了你！

他们俩亲吻着，喘息着，倒在乱糟糟的床上。

就你了！

嘈杂不堪，声浪阵阵。

张小云第一次来夜店，竟然是跟张小穗一起。当了几十年的好学生，对夜店有种天然的畏惧，似乎来这里的人就被盖戳了——坏学生，没前途，以后只能在家混日子。但张小穗是在这种地方长大的，她就是张小云认知当中的那种坏学生。今天张小穗破天荒给张小云打了电话，说要不要见面聊聊，她也不知道能跟谁聊了，有些话，似乎也只能跟家里人说，妈妈没了之后，家里的女人只有大姐了。张小云想也没想就答应了，她跟张小穗想的一样，家里就两个女人，遇到难处，不团结起来，还指望着男人不成。

张小穗以为她会选个茶楼，泡杯花茶，听着古筝，姐妹俩聊得声泪俱下，结果张小云出乎意料地选了"奥斯卡"，这是这个城市最吵闹的地方。张小穗再三确认，她怕自己听错了，大姐一直是个循规蹈矩的人设，莫非三十多了突然爱上夜店？张小云也懒得解释，就说了句，喝点儿吧，越吵越胆儿大。

喝就喝，谁怕谁，越吵越可以放肆到大声地把破事儿说出口。

姐妹俩坐在吧台前，边喝啤酒，边大声说话，震耳欲聋的音乐声盖过她们的对话，她们只能更大声地对着对方的耳朵说话。

张小穗一口干掉杯中酒，说："我怀孕了！"

"什么！"张小云以为自己听错了，那一瞬间她突然想起自己刚怀上君君时，彼时姐妹俩的关系还没这么疏远，她悄悄告诉了张小穗"我怀孕了"，张小穗激动得跳了起来，绕着张小云转圈，嘴里不停念叨着她要当小姨了，那种少女天真的样子，已经很久没有在她身上看到过了。

"我怀孕了！"张小穗重复了一遍。

"谁的？"

"高强的！但是那个王八蛋跑了！骗走我的钱，留了一个种。"

"你怎么打算？"

"会有办法的！你先帮我保密！爸爸知道了估计得杀了我，我还不想死！"

"好！"

"我真是张家的败类！"

"我也是！"

张小云想也没想，脱口而出。

张小穗有些惊讶，她没有料到张小云会说"我也是"，她宁愿这个回答是"你不是"，现在硬生生地表了态——姐妹俩，都是张家的败类。

张小穗苦笑着说："我从小就嫉妒你！"

张小云突然也笑了起来，借着酒劲她笑得很浮夸："嫉妒我什么！嫉妒我节衣缩食养一个不能动的儿子吗！嫉妒我老公对我冷暴力两年都没碰过我吗！嫉妒我一个光荣的人民教师偷偷干微商卖壮阳药吗？那我真的很值得你嫉妒！"

张小穗呆住了，她伸出手，轻轻握住张小云的手，本来想跟大姐倾吐心声，却听到了大姐一地鸡毛的处境。这时，她突然看见就在不远处,高强和几个浓妆女子搂抱在一起,跟其中一位热吻,手在对方身上疯狂乱窜。

张小穗呆住了,起身冲了过去,张小云见状紧跟其后。

醉醺醺的高强还没反应过来,便吃了一记响亮的耳光,那力气真大,在这么震耳欲聋的音乐声中还能听见那一记响亮耳光声。

高强一把推开张小穗:"你发什么癫?我在谈正事!"

张小穗叫嚣着:"你个骗子!还钱!"说罢便扑过去撕扯。

无奈高强力气很大,又有其他几个女人帮忙,张小穗好几次被推倒在地,手臂受伤。

保安过来拉偏架,张小穗使劲挣脱,冲上前指着高强的鼻子大声痛斥:"不要脸,狗东西!你们小心点,他有老婆的,现在还欠我五万块!"

高强生怕伤了自己的面子,一把掐住张小穗的脖子:"你给我闭嘴!"

张小穗哪里是他的对手,张着嘴发不出声。张小云心一横,顺手操起酒瓶砸在高强头上,酒瓶碎了。

血顺着他的额头流下来。

身边那几个女人尖叫了起来。

张小穗吓傻了,张小云拿着碎掉的瓶子,一脸硬气。

张小云怎么也没想到，会在三十二岁这一年进了局子，而且是因为她打伤了妹妹的前男友，这话讲给任何认识她的人听，都会被当作笑话。

她和张小穗、高强狼狈地坐在派出所的长凳上，高强头上包了绷带。

警察训话："你还是个人民教师呢，出手这么重。"

张小云不吭声。

高强也有些后悔，自知理亏的他想小事化了，更何况，眼前是曾经你侬我侬的前女友，以及……债主。尽管今天她在女人们面前没给他留一丁点面子，但"一夜夫妻百日恩"，他自诩是个堂堂大男人，不跟女人计较。于是，他捂着伤口哀求道："警察同志，我不是说了嘛，都是误会，家务事，家务事，不……不追究了，嘿嘿嘿。"

张小穗的气还没消："什么家务事，谁跟你家务事？我们之间是债权人和债务人的关系！"

高强对她使了个眼色，示意她别闹了。张小穗顿时也知道自己失态，在局子里闹大了不好，至少对大姐不好，大姐是个公办学校的老师，这一闹，兴许把编制给闹没了，那她就是老张家的千古罪人，以张大海的脾气一怒之下指不定把她的名字从妈妈的墓碑上抠下来，过年扫墓都没她的份了。

张小穗应和着高强，说："对对，我们是朋友，警察叔叔，我们就是贪玩。"

高强谄媚地笑着："我们以后一定改正！不给警察同志添麻烦！"

张小穗白了高强一眼，油腔滑调，当年就是上了他的当。

警察递来笔："行，来签个字，你们之间的债务问题自己协商解决，解决不了再找我们。"

刚走出派出所，高强便追着张小穗，低声下气地说："穗儿，钱我尽快还你，我发誓，我拉黑你完全是因为怕你骂我，对不起啊，对了，你真的……有了啊……"

高强是在派出所得知张小穗怀孕了的消息，要不是她孕妇的身份，估计还没这么快处理完。虽然高强是个彻头彻尾的无赖，但听说了这事，又想口头上尽一下责。

张小穗停住脚步，瞪了他一眼："那你要不要？"

高强犹豫着，不回答。他没想好，对他来说太突然了。

这还用想？

张小穗扭头就走。

张小云拦了辆出租车，张小穗打开门，坐进去。

高强扶着门,小声劝说着:"小穗,拿掉吧,咱俩这个情况,对孩子不好。"

尽管猜得到高强的态度,张小穗听到这话还是气得浑身发抖:"高强,你这个狗娘养的,我真后悔没把你杀了。"

说罢,她关车门,高强还想拦住车门,不让关。

张小云推开高强,冷冷地说了句:"让开。"不怒自威,把高强吓得汗毛倒立。然后她坐进车内,用力地关上门。

出租车扬长而去。

高强看着出租车消失在视野里,然后也大摇大摆地离开了,风吹过来一阵刺痛,他才意识到额头上有伤。

张小云陪张小穗回家,晚上就留在了这里,姐妹俩已经记不清多少年没有一起睡了。

其实张小穗从小很喜欢姐姐,尽管很早就从街坊邻居的只字片语中知道姐姐不是爹妈亲生的,但她并不认为这有什么关系,自家人的感情,自家人知道,容不得外人说三道四。况且,有个姐姐多好,姐姐知书达理,从小就承担了光宗耀祖的责任,要不是张大海天天拿姐姐的优秀来教训她,姐姐会一直是她的偶像。

两人像小时候那样躺在床上,刚洗完澡的张小穗突然发现手臂有擦伤,应该是被高强推倒时蹭的。她翻箱倒柜找到一瓶碘酒,张小云拿起棉签小心地帮她涂着药。

张小穗看着张小云专注涂药的样子,突然扑哧笑出声:"姐,你藏得够深啊,那一瓶子下去,真解恨。"

张小云嘴角上扬,说:"那可不,新时代人民教师,不是好惹的。"

"我不懂了,王志鹏怎么敢对你冷暴力的?"

"他克我呗。"张小云把棉签扔进垃圾桶,靠在床边感叹着,"我啊,其实挺羡慕你的。"

"羡慕我什么?"

"你是爸妈亲生的啊……不像我,我是被我亲生爹妈抛弃的,当年如果不是爸爸以为自己要不了小孩儿,也不会把我领回家。"

"爸爸多疼你,跟亲女儿没区别。"

"越疼我,我越怕犯错,小心翼翼了半辈子,你说累不累。"

张小穗依偎在张小云身边。她突然有点后悔,姐妹俩浪费了很多时间,各自为生活忙碌着,早点袒露心声,彼此的心里会不会更有安全感。

"我有时候倒是挺羡慕小安的。"张小穗看着天花板,认真地说。

"为什么？"

"什么都听不见，就听不见噪声，什么都说不出，就说不出脏话。"

"但是，好听的东西也听不见啊。"

"唉。"

"妈妈当年一命换一命，可能就是为了这个吧。"张小云说完这句，又有些后悔。她不知道这算不算张小穗的雷区，妈妈是张家的敏感词，是她恩重如山的养母，是张小穗思念了小半生的亲妈，是一命换一命留下张小安的伟大母亲，是张大海爱了一辈子的结发妻子。

"为了什么？"张小穗并不激动。

"时刻提醒我们啊，"张小云握住张小穗的手，用一种不紧不慢的语调缓缓地说，"小安这么可怜，都能挨下去，我们这又算什么。"

"可是我恨爸爸，就是因为这个。"

"因为什么？"

"那个时候，他保了小孩儿，让我成了没妈的女儿。"

"不保小孩儿，就没有小安，如果只能留一个，就一定会失去另一个啊。你以为他想选择吗？如果可以的话，谁不想两个都要。"

张小穗不吭声,她觉得张小云说得有道理。

她们其实都知道,虽然有了小安,就会失去妈妈。但留下小安,是妈妈最后的愿望啊。

平淡无奇的一天,张小安骑着电动车穿梭在常德的大街小巷。

已经一周没有和小篆联络,她发了很多条微信,没有质问,没有催促,没有生气,她依然照常与张小安分享着她的日常生活,随手一拍的路边小孩,电视里惹人吐槽的滑稽桥段……他统统没有回。他知道这样很不礼貌,甚至很不负责任。但他此刻就想躲起来,逃避一切需要他去解释与面对的问题。

他像往常一样,着急忙慌地送餐,停车,上楼,敲门,开门。

门开了,他递过装餐的袋子,对方是一个比他高一些、二十多岁的男孩,寸头,脸上有块刀疤。张小安礼貌地冲他点了点头,然后愣住了,藏在心底的那种恐惧再度重新爬了出来,蔓延至全身,肆虐地滋长着。

这人是武骁,特校的同学,也是聋哑人。

武骁坏笑着,他显然也认出了张小安,用手语向张小安问好。

张小安眼眶顿时泛红,面目变得狰狞。武骁伸出手,不怀好意地在他脸上捏了一把,他躲开,然后拿着外卖砸向武骁。两人激烈地打了起来。

武骁每一招都非常凶狠,张小安根本不是对手。

张小安被重重摔在地上,武骁捏紧拳头正要砸下,居民楼走廊出来一些围观的群众,大家议论纷纷,对他俩指指点点。

张小安趁乱爬起来落荒而逃,他慌张地跑到路边,颤抖着拿出车钥匙。

刚走不远,一不留神,他重重地摔在地上,扶起电动车,继续前行,眼泪流了下来。

武骁还在这个城市,这个可怕的魔鬼还在。刚进特校的时候,他就被这个魔鬼盯上了,他原本以为这只是一个性格鲁莽的小霸王,谁知道对方越来越过分。武骁常常带着一帮人趁着熄灯之后宿管科老师不在,强迫他玩猫捉老鼠的游戏。他在黑暗之中四处躲藏,但毫无例外,最终都会被武骁抓住,被拳打脚踢已是常事,还会被他在头顶撒尿,逼迫他去舔厕所的墙壁,还被脱掉裤子任由武骁凌辱……可他不能说,送他去特校,顺利毕业,进入社会,自食其力,这是张大海的夙愿。在武骁的"霸权统治"下,张小安没有出路。

他以为毕业就再也不用见到武骁了,以为终于摆脱了这个魔鬼的控制,可以慢慢治愈那些暗黑日子带来的后遗症。但

这个魔鬼还在。

怎么办？

深夜，张小安停好电动车，取下头盔，疲惫地走向租住房的小区。

路灯下有个身影，他正疑惑着，定睛一看，是小篆。

她穿着张小安在那个雨天披在她身上的衣服，笑得很灿烂，好像一切都没有发生过，难道不应该暴跳如雷，上来就揪住他的衣服质问为什么不回微信吗？她怎么会依然笑得像日出的太阳那么明媚？

张小安有些不知所措，道歉？逃避？还是继续沉默到底？

小篆没等他反应过来，拿起相机，拍下了此刻张小安一脸蒙的窘态，闪光灯亮起，他又挡了一下眼睛。

张小安放下手，刚想用手语问个好。

小篆却先用手语问候："好久不见，我想你一定有你的原因，你想藏起来，没有关系，但我想见你，我就来了。"

沉默了一会儿，两人又像小孩儿那样相视笑了起来。

张小安："对不起。"

每周六，是约定的家宴，一起看《大富之家》的日子。

一周又一周，老张一家四口似乎渐渐恢复了曾经的和谐。这个周六，三姐弟例行公事地回了老张家，张大海今天比以往更兴奋，王志鹏今天没有应酬，陪张小云来参加家宴，而张小穗和张小安头一回带着各自的对象可乐和小篆上门做客，凑一块儿了。依然是张大海和张小云下厨，王志鹏和另外两对小情侣都在客厅看电视聊天。

张大海不时从厨房的门缝里看出去，窃喜着，要每天都这样，少活几年也行啊。现在老提一个词，叫"幸福感"，有钱没钱都张口闭口"幸福感"。素平走了以后，张大海就不觉得幸福了，但此刻，子女们带着伴侣来吃饭，他忙前忙后，竟然有了这种幸福的感觉。

可惜素平看不到。张大海有些遗憾地摇摇头。

王志鹏今天并不想来，他很庆幸这一年多张小云跟张大海似乎日渐疏远，不太回老张家，他也省事不必跟她在岳父面前扮演恩爱，但今天张小云说了，要么就离，要么就继续出演得体的老公，他才心不甘情不愿地陪同。呵呵，张小云就是这样，每次给的选择，其实都是单选题。离？他敢吗？她就是吃准他这一点，他要真选了离，她绝对会去他单位上演一出窦娥冤，她已经不是刚恋爱时那个清汤挂面的文艺女青年了，给她一根金箍棒，她能大闹天宫。所以就继续扮演好丈夫吧，反正

也不费劲,人到了,刷刷手机,吃完饭就撤,这个活儿不难。他想,反正,大多数好丈夫也都是演的。这样一想,他开心多了。

两对小情侣也毫不拘谨,小篆拿出相机给大家拍照,一大家子热闹和睦的样子。

人多,才有人气啊,不然张大海这个老厨子存在的意义是什么呢?他得意地笑了笑,今天是他大展拳脚的时候了。

王志鹏爱吃土豆烧牛肉,张大海把切块的牛肉下锅,油滋滋作响。

张小云在一旁切土豆。有张大海在,是断然不会允许张小云掌勺的,最多打打下手,倒不是觉得她做得不够好,而是他总说,你一个拿笔杆子的,细皮嫩肉,别拿锅铲,在旁边陪着聊聊天就行了。

张大海揭开蒸锅的锅盖,水在沸腾,他把剁椒鱼头放进去,盖上锅盖,叮嘱道:"记得了,剁椒鱼头看起来简单,其实最难。只能蒸十分钟,一分钟不能多,一分钟不能少。"

张小云应了一声。

张大海铺垫了几句自己下厨的心得,犹豫再三,假装漫不经心地说了句:"李家老太太,身子不太好了。"

"哦。"她又只是应了一声,表示自己并不想继续这个话题。

张大海聚精会神地翻炒着，张小云切着土豆，两人各自为政，都不出声。

张大海忍不住了，继续说："去看看吧？你这边的妈已经没了，那边好歹还有个妈，常德有句老话，有娘才有家。"

张小云拿着大瓷碗接了一碗水，小心翼翼泡好土豆块，半开玩笑地说："你就那么想把我赶出去啊？"

"什么话？她老了，惦记你，我只是负责传个话。"

张大海皱起眉头，还想要解释，张小穗推开厨房的门，张小云见到她，做了个鬼脸，像是要求救的模样。

张小穗大大咧咧地闯进来，像只猫一样到处看："好了没？饿死我了。"

张小云笑着说："快了。"她猜张大海为了说这番话肯定演练了很久，要找一个和她单独相处的机会并不容易，但她真没兴趣见李老太。那是她的亲妈，多年前把她抛弃的农村老太太，生多了，不想要了，留了儿子，送走女儿。这么多年过去了，李老太年纪大了，想见女儿了，搞不好只是想让女儿来分担一些养老的责任，凭什么搭理。更何况，她现在没有认亲的心情，这乱七八糟的人生，被各种琐事塞满，已经没有空隙去思考这件事了。

张小穗凑近，抓了一块鱿鱼吃，张大海瞥了她一眼，边

炒菜边问:"你在歌厅工作,帮我个忙。"

张小穗:"什么忙?"

张大海:"你妈还在的时候,经常哼一首歌,我想不起来歌名了,你帮我找找。"

张小穗:"歌词是什么,一句就行,我搜搜。"

张小穗拿出手机,打开音乐软件,点击听音识曲的功能。

张大海皱着眉,死活想不起来。

张小穗吮吸了一下手指,说:"你哼一哼,随便哼一哼,高科技,很牛的,只要一两句就能识别。"

张大海想了想,歌词是一句都记不起来。奇怪了,在梦里明明很清晰,每个字都没有落下,怎么现在就硬是想不起来了呢?他试着哼了哼曲子,却完全不在调上,把姐妹二人逗得前仰后合。

张大海不屑地转身继续忙活:"还在歌厅工作,没用。"

张小穗:"你自己不记得,这也怨我?"

突然一阵剧烈的腹痛袭来,张大海捂住腹部,弯腰差点摔在地上。

刚刚还在捧腹大笑的两个女儿见状赶紧扶着他。

张小云问:"爸,没事吧?"

张大海摆了摆手:"没事,肚子痛,小事情,缓缓就行了。"

张小穗教训起他来:"隔夜菜不能吃了啊,又不差那几块钱。"

张大海笑了笑,心情顿时又灿烂起来,这一顿一顿家宴,没有白忙活,一家人总算有了一家人的样子。

他额头上冒出细细的汗珠,连连说道:"知道了,知道了。"

满桌佳肴,正中央是一大份红艳艳的剁椒鱼头,旁边摆着辣椒炒肉、腊味合蒸、酸辣鱿鱼等张大海的拿手菜。

七个人围坐在一起,张大海高兴地举起酒杯,手有些抖,酒差点洒在衣袖上,他按捺不住内心的喜悦,说:"小篆,可乐,两位新成员,我敬你们。"

小篆和可乐赶紧举杯。

张小穗白了他一眼说:"什么新成员,还早着呢,这才头一回上门,你就等不及了!"

张大海笑了笑,给两位新客人夹菜:"他们说你们不挑食,我就照着他们三个的口味做的,都是家常菜,不敢说一百分,但家里做的,总是好的,少吃外卖,不卫生。"

张小穗一口汤差点喷出来:"这有个送外卖的,你说外卖不卫生,这不是拆张小安的台嘛。"

小篆手语告诉张小安他们对话的意思，张小安笑了，张大海却心疼地看了一眼儿子。

也许是想一碗水端平，张大海又给王志鹏夹菜，说："志鹏，你是正儿八经的家庭成员，我就不管你了，你自己来。"

王志鹏赶紧赔笑脸，连声道谢，朝张小云身边挪近一点距离，张小云配合着给王志鹏盛了一碗汤，两人僵硬地做出恩爱的样子，努力让自己与此刻老张家其乐融融的氛围不至于格格不入。

六个孩子都用各自的方式夸赞着张大海的厨艺，他有那么一刹那，仿佛看见素平端着菜忙碌的身影，他定定地看着厨房的门口，想要叫素平坐下来吃饭，却欲言又止，他知道他一开口，那个身影就会消失不见。

张小穗伸出手在张大海眼前晃了晃，张大海缓过神来，轻轻拍了一下张小穗的手。

张小穗突然站了起来，一副演说家的架势："爸，各位，我有个大事儿要宣布。"

大家安静下来，可乐抬头好奇地看着张小穗，他事先并不知道有这个环节，这么郑重其事，能是什么事？

张小穗继续说："我……要当妈妈了！"

一语惊四座，一家人欢呼起来。

可乐愣住了，张小穗握住他的手，他这才反应过来，开心地抱住张小穗："我怎么都不知道啊！好家伙，藏这么深！"

张小云的欢呼声有些僵硬，她知道这是一个谎话，她害怕谎话，尽管帮张小穗圆谎是她答应过的事，但既然是谎话，总有一天会被戳穿，到时候回想起今天的欢呼，会演变成什么样尴尬的局面呢？

从小被张大海教育要"做老实人，说老实话，办老实事"的子女们，不知不觉在长大的过程中，统统开始编织属于自己的谎言。

张小穗坐下来，可乐紧紧握着她的手。

张大海突然皱起眉头，严肃地问："你俩什么时候结婚？"

可乐想也没想，脱口而出："快了，叔叔，我们过几天先把证领了，我是真不知道，不然我肯定会先求婚。"

张小穗欣慰地看着可乐，又紧张地和张小云对视了一眼。

张大海点点头："有了是喜事，但别让邻居说闲话，向你们姐姐、姐夫学习。"他看了一眼张小云和王志鹏，把两人看得打了个寒战。

可乐斩钉截铁地答道:"遵命!"

"来来来!这么欢乐的时刻,咱们一起拍个照!"小篆拿出自拍杆,拍下了一张合家欢的照片。

吃完饭,《大富之家》开始了。

每周一次填写奖券的时刻到了,每周开奖时大家都认真盯着屏幕,却从未中奖。一开始大家还饶有兴致,久而久之,便不抱希望了。大家也渐渐感觉到,或许这并不是张大海的本意,毕竟中奖的概率太低了,但如果没有这个节目,他们一定会因为各自糟糕的生活而忽略这顿周末家宴,一周推一周,一年复一年,在这个小小的城市,怕是难得见上一面了。

张小云这几天忙汇报课程,很是疲惫,她敷衍了事地说:"爸,我今天选6,我和志鹏先走了,明天职称汇报,我还要备课。"

张小穗见大姐要走,马上说:"我……我8,我那个……和可乐也撤了。"

张小安伸出手,比画了一个"5"的手势,然后看着小篆温柔地笑。

张大海点点头,说:"行,那我也选8,跟小穗一样。"

人去楼空,瞬间只剩张大海一人在家。

刚才的热闹似乎恍如隔世。

张大海一笔一画地填好这张参奖券，自言自语道："我预感啊，我们家，总有一天能中个大奖。"

第六章 争吵

他们没有再去看日出。

张小安似乎不再有看日出的执念,小篆的笑容很明亮,约等于日出了。他很享受骑着电动车,载着小篆前行,充满希望地飞驰,一脸幸福地看着前方。

小篆喜欢坐在后座拿出手机自拍,她想记录下靠在张小安后背的每一刻。

小篆搂住张小安,小声说:"张小安,要是你能听见就好了,因为我真想告诉你,我很羡慕你有个这样的家,如果我跟你一样,就不去很远的地方了。"

张小安依然微笑地看着前方,虽然听不见她的话,但能感觉到那个女孩的脸贴着他的背,这样就够了。

五花肉一下锅,滋滋作响,张小安的手艺一点也不输张大海。

小篆在厨房门口看着他熟练的动作很是惊讶,张小安时不时回头看看小篆,小篆举起手机拍着视频,然后自言自语地说:"哇,大厨!棒棒的!"

张小安回头对着小篆的手机镜头灿烂地微笑。

满满一桌美味登场,小篆拍着Vlog,镜头对着每一道菜,她逐个介绍着。

"这个是剁椒鱼头,小安说了,蒸十分钟,一分钟不能多,一分钟不能少;这个是香辣蟹,哇,你看这蟹多肥;还有这个,小安说,湘菜师傅手艺怎么样,就看这道辣椒炒肉……"

张小安见小篆这么喜欢,自己也非常开心。

拍完视频,小篆把手机放一边,很自然地回头搂着张小安,紧紧地抱住他,两个年轻人热烈地抱在一起。小篆的嘴唇试探着凑了上去,刚刚触到张小安的嘴,他的身体再次颤抖起来。他想用力压制内心这种恐惧与撕裂,但那种压倒性的痛苦倾盆而来,武骁那张阴森恐怖的笑脸在眼前闪过,他迅速被黑暗吞噬了,眼中的世界变得扭曲而模糊,他瞬间泪流满面,手臂变得僵硬而无法自控。

小篆被吓了一跳,张小安推开她,跌跌撞撞地冲出了小篆家。

只剩小篆和一桌美食,她失落又害怕地坐下来。

他到底怎么了?

零点了,张小安洗完澡,趴在床上,画了一只约克夏。他翻了个身,面朝上发着呆。

他清空了大脑,什么都不想。但他在今天,做了一个决定,无论如何要找小篆好好谈一次,把自己在特校那几年的遭遇对她和盘托出,嗯……就是这样,是时候了。既然他们是相爱的,那么就没什么不可以共同面对,以他对小篆的了解,她一定会理解,并且努力帮助他去战胜心魔。这也是一次对自我的宣战,不能总是躲躲藏藏了,要勇敢地站出来。

做完这个决定,张小安轻松了许多。

他拿起刚画的约克夏,看了看,笑得很开心。

没心没肺的花炮,并不知道这么无趣的一天,张小安竟然在内心做了如此艰难的决定。此刻他正躺在上铺刷短视频,刷着刷着,脸色突然变了,眼睛瞪得很大。

花炮从上铺爬下来,坐在张小安床上,把他拉起来,举着手机给他看。张小安看见视频中的人竟然是自己,小篆的视角拍他做菜,他做了一桌美食,小篆介绍每道菜,接下来便是——小篆拥抱他,他颤抖地推开她,逃跑,只剩小篆一人坐在地上。

是今天发生的一切。

张小安把手机抢过来,翻看小篆发布的其他视频,全都是他们俩相处的记录,点开评论,是小篆与网友打赌:我猜今天他会亲我。

页面显示小篆正在直播,张小安点进去,是小篆在跟网友交流。

"宝子们礼物刷起来啊,聋哑人多难追啊,我会每天为大家汇报进展的,什么?他配不上我?当然啦,我怎么会喜欢一个残疾人呢,这就是一个游戏而已!快!礼物走起!谢谢这位大哥的火箭,爱你么么哒!"

花炮用手语给张小安翻译,到最后他也不忍心继续翻译下去了。

花炮关掉页面,放下手机,不知所措地看着他。

张小安撕掉了那张约克夏,眼泪掉了下来。

张小安独自来到夜店，他站在舞池中央。

这个疯狂喧嚣的地方，对张小安来说是无比静谧的世界。张小安把手放在胸口，感受着音乐声的震动，尽管他根本感受不到音乐的魔力，但他依然能跟随着节奏跟其他同龄人一起跳舞。

张小安一杯又一杯，直到喝得烂醉，有个同龄的男孩举着一杯酒路过，不小心洒在他的身上，但男孩并未察觉。张小安跌跌撞撞地冲上前，拍了拍男孩的肩。

男孩回头："什么事？"

张小安指了指自己身上的酒，用手语说："你要跟我道歉。"

男孩四处看看，一脸蒙："什么情况？"

张小安继续用手语说："道歉！"

男孩和伙伴们对视一眼，这才明白了对方是残疾人，他大笑道："老哥，有病治病啊！还来这儿泡妞呢，真是身残志坚啊！"

一群人大笑起来。

张小安一拳挥过去，砸在男孩脸上。

张小安骑着电动车离开夜店的时候，脸上青一块紫一块。

这种场合,他孤身一人,怎么都是吃亏的,他也知道,但那一瞬间似乎就想找个人发泄一下,哪怕输,哪怕像现在这样狼狈得像只战败的浣熊。

深夜开到了家附近的建筑工地,酒醉的张小安看不清路,电动车撞了路边的预制板,他摔了下来。他试了好几次,却站不起来,只好趴在地上吐。

吐了好几轮,他终于艰难地起身,却不小心从斜坡上滚下,倒在淤泥中,那淤泥并不深,软趴趴的,睡着还挺舒服。

他实在太累了,面朝星空,四仰八叉地睡着了。

张小安在淤泥中睡了一整夜,天大亮,众人围了上来。

这是谁?是死是活?家里的床不香吗?

张小安醒来,吃力地从淤泥中爬起,浑身沾满了泥,他这才知道自己在这里度过了一夜。

他听不见大家的议论声,从某种程度上来说,这种对声音的绝缘让张小安比常人少了一些困扰,他吃力地起身,扶起电动车。

他抬头一看,花炮和张大海找来了。

他不知道怎么解释,想趁其不备,骑车一溜烟逃走,但还没来得及上车,怒气冲冲的张大海便捡起地上的水管,朝着他身上冲洗起来。

"半夜喝大酒,睡工地,真是出息了!"张大海大骂道。

张小安被冷水一冲,瞬间清醒了,他躲避着水流。张大海不依不饶地追赶着他,水压很大,像一根坚硬的木棍从不同角度戳中他,他好几次摔倒在地上,只能用手挡着水,痛苦地爬行,想要逃离,但无论怎么躲闪,张大海都能准确无误地瞄准他。

花炮阻拦着张大海:"叔叔,小心点儿!您别生气!"

张大海推开他:"我的家务事你少管,哪儿都有你!"

好半天,张小安浑身透湿,倒在地上,淤泥清洗干净,从泥菩萨变成落汤鸡。

水停了,他站了起来,慌张地看着张大海。

"走吧,"花炮拉着张小安,"换身衣服去。"

张大海扔掉水管,见儿子身上完好无损,转身走开了。

如果是八年前,王志鹏会特别愿意参与单位的团建活动。

风华正茂的他,带着热恋中的张小云——端庄秀丽,工作体面,历史老师的身份又给她平添了一些才华横溢的光彩。人人羡慕的才子佳人。那阵子,张小云就是他最大的面子。

王志鹏在文联工作,没钱有闲,刚工作那几年心中还尚

存一些抱负,想组织全市一些知名的学者、作者写一些研讨历史的杂文,集结成册,内部发行。也是因为这个,他才认识了朋友介绍来帮忙做历史顾问的张小云,他永远记得在文联的办公室听张小云聊竹林七贤的嵇康,她反复提及嵇康的名句"内不愧心,外不负俗",她就坐在办公室靠窗的藤椅上,午后的阳光透过楼外的树枝斑驳地映在她的脸上,他一下就陷进去了。

王志鹏在念书的时候不是没有过暧昧的对象,很奇怪的是,没有一个真正走到了恋爱的阶段,每每都是接触过一阵之后,渐渐疏于联络,最后无疾而终。只有张小云,从那个午后开始,他似乎是下定了决心,一定要牵到她的手。

时间会带走一切。如今二人都三十出头,张小云送走一届又一届的初中毕业生,再也没有跟王志鹏聊过嵇康。君君的事故让她几乎变成一个没有正常生活的悍妇,最可怕的是她从未打算从这样糟糕的情绪中走出来,反而深陷其中,让周围所有人陪着她一起遭罪。

他偶尔会怀念他们刚刚相遇的时候,婚后好几次约好一起去花岩溪看看。那是常德有名的景点,近万亩人工杉林青翠欲滴,电视台每天播放着宣传片。可惜结婚、怀孕、生子,一直到君君遭遇不测,这个很容易达成的旅行,他们居然一次也没有兑现过。

今天他们终于来了，是王志鹏单位搞团建，招待邻市文联的同仁们，一起采风交流。

一个多小时的车程，他们居然等了八年。湖泊如镜，观光船在前行，大家都带着家属，王志鹏和张小云并肩而坐，毫无交流。

王志鹏看着周围的景色，树围合抱，叶茂枝劲。但他对这个期待了多年的景区竟然没有任何兴奋的感觉，他突然想起苏轼的一首诗：

庐山烟雨浙江潮，未至千般恨不消；
到得还来别无事，庐山烟雨浙江潮。

呵呵，不过如此。

花岩溪没有变，身边人也没有变，变的是自己的心吧。

王志鹏长长地叹了口气。

观光船上，同事们唱着歌，他们看起来无比欢乐。王志鹏只得僵硬地配合着大家微笑，他永远记得第一次跟丁医生提出放弃治疗之后，张小云大闹文联的画面，看到的人并不多，估计也都忘得一干二净——这种夫妻之间的破事闹到单位去的案例比比皆是，大家对于王志鹏一家遭遇的不幸终归是有些同情的，所以也很少背地里议论他们——但王志鹏自己过不去，他的人生一直很严谨，上学，毕业，考公，每一步都稳扎稳打，尽管被现实已经磨砺得没了什么远大梦想，但他一直想做个人生没什么槽点的体面人。张小云打破了他的完美人设，也把他们的感情逼到了悬崖。他是在微笑，但他知道这个微笑是苦的，老领导安慰过他，说家家有本难念的经，这句话对他来说没什么用。谁家的经比他的难念，谁家有个不能动的儿子和一个时刻濒临发疯的老婆？

张小云却看起来心情不错，她四处张望，欣赏着美景，或许这里的景色很符合她这些年的期待吧。

领导兴致勃勃地吆喝道："难得搞一次活动，今天大家轮流表演节目怎么样？"

"好！好！好！"大家应和着领导。

领导真是哪壶不开提哪壶："依我看，我先推荐一组，我们单位最恩爱的一对——王志鹏和他的爱人张小云！"

众人起哄，身边的同事拍着王志鹏的肩，怂恿着他们俩上前表演。

真是担心什么来什么，王志鹏只想早点结束打道回府，现在这样的情况，还两口子一起表演节目，简直是要了他的命。

王志鹏面露难色,赶紧摆手,有种念书的时候开小差,被老师点名回答问题的焦虑。

领导发话了:"志鹏,张小云是五中的老师,肯定多才多艺,你们起个头。"

同事们看热闹不嫌事大,大喊着,让他俩起个头,后面表演的同事就不尴尬了。

"唱个《刘海砍樵》!"

"来一个!王志鹏!来一个!王志鹏!来一个!"

两人被推推搡搡,站在了船头,他们对视了一眼,看起来是推托不了了,湖南人说不会唱《刘海砍樵》是没有人信的。两人只得硬着头皮唱了起来。

我这里将海哥好有一比呀

胡大姐

哎

我的妻

啊

你把我比作什么人啰

我把你比牛郎,不差毫分哪

那我就比不上啰

你比他还有多啰

　　胡大姐你是我的妻啰

　　刘海哥你是我的夫哇

　　胡大姐你随着我来走啰

　　刘海哥你带路往前行哪

　　走啰嗬

　　行啰嗬

度秒如年。

一曲毕,众人鼓掌。

同事热心肠:"我来拍张照吧!好山好水,一对佳人!"

众人推波助澜:"亲一个!亲一个!亲一个!"

王志鹏连忙摆手:"不合适,不合适,老夫老妻了。"

僵持半天,感觉有些下不来台了。

张小云突然转过身,面对着王志鹏,大方地扬起下巴,她问:"两口子有什么不合适?"

王志鹏小声呵斥:"你干吗?"

张小云狡黠地笑了笑:"合法夫妻,亲个嘴怎么了?对吧,各位!"

众人像被点燃了一样,继续起哄着,感觉不亲这事儿没完了。

拍照的同事乐了:"王志鹏!张老师比你放得开哟!"

张小云抓住王志鹏要亲吻,王志鹏抗拒,她越凑上前,他越躲避。几个来回,他始终扭扭捏捏,张小云气愤地用力一推,他一个趔趄摔进水中,溅起水花。

王志鹏扑腾几下,迅速被船夫拉起来,浑身湿透,他大骂道:"张小云,你有病啊!"

同事们却也没看出王志鹏的愤怒,只当是夫妻间的情趣,被这滑稽的场面逗得人仰马翻。

张小云得意地看着王志鹏,一副胜利者的姿态。

艳阳高照的好天气。

张小穗来到桥南商贸城,小心翼翼地挤在人群中,满头大汗。她找到了一家商铺,商铺里在卖装修建材。门口坐了个中年妇女,摇着蒲扇,大大咧咧地训斥着工人。

张小穗看了看招牌,"三湘建材"。确认无误后,她又探头看了看屋内。

那摇扇的妇女见她鬼鬼祟祟的模样,问:"你找哪个?"

张小穗问:"请问这是不是高强的店啊?"

"你好久没跟他联系了吧?"

张小穗点点头。

"他跑了,欠一屁股债,老婆小孩儿也跟着跑了。你也是来要钱的吗?那你怕是要不到了,这店早就抵给我了,我是有正规手续的,'三湘'现在跟他没关系了。"

张小穗回了句:"哦。"

她摸了摸有些凸起的肚子,皱着眉,叹了口气,转身离开。本来也没指望他能管肚子里的娃,好歹能把她的五万块钱还了,现在看来没戏了。

上班时间,张大海在厨房忙碌,身体似乎吃不消,时不时得歇一歇,他每出一道菜,就在一旁的椅子上坐一会儿。

徒弟突然急匆匆地跑进来。

"师父,2号桌说味道不对,好像是油坏了。"

张大海拿起油壶,闻了闻:"没问题啊。"

"他们说味儿很重……"

张大海拿起之前的单子:"他们点的什么?"

"牛肚。"

张大海想了想,说:"我出去一趟。"

2号桌客人正愤愤不平。

张大海来到客人身边,点头哈腰地打招呼:"不好意思,菜是我这儿出的。"

客人抱怨着:"这油都坏了,味儿太重了。"

张大海耐心地解释道:"是这样,两位老板,我们家的牛肚用的都是山胡椒油。邵阳、娄底那边吃这种油比较多,烧牛肚特好吃,但味道比普通食用油要冲,肯定不是坏了,您二位要吃不习惯,我们马上换。"

两位客人对视一眼,回答:"行吧,不换了,不是坏了就行。"

张大海笑着点点头,正准备回厨房,却看见隔壁桌坐着金枝和她十岁出头的女儿雨涵。

四目相对,很是意外,场面略有些尴尬。

他们没有问候,谁也不愿先开口说话,张大海只得假装若无其事地回厨房。

唉,真是一地鸡毛啊,最后的日子,撒个谎都撒不好。

晚上,疲惫不堪的张大海回到家。

他看着素平的遗像,拿出贴身的福袋,捧在手心里,发了一儿呆,然后走到阳台上,拿出手机,打开一个音乐App,选择听歌识曲选项,然后点击哼唱识别。张大海清了清嗓子,认真地对着手机哼歌,哼完,手机上显示:相识度超过50%

的歌曲有……

张大海一首一首播放，听了听，都不对。他又点击哼唱识别，再来了一遍，却依然查找不出那首歌的名称。

为了方便随时想起旋律就查找，他也下载了这个App，研究了好半天才学会，只要梦见这首歌，或者平日里突然想起来了，就马上打开软件哼唱起来。

只是一直也没有找到那首歌。

张大海一遍一遍地哼唱，突然看见马宝莲拄着拐杖走过。

他瞪大眼睛，仔细辨别了一下，真是马宝莲，于是叫了声："喂！马宝莲，你这是怎么搞的？变成瘸子了？"

马宝莲情绪低落，看起来憔悴了不少，他没搭理张大海，艰难地进楼，上楼梯。

张大海打开门，见马宝莲的腿脚上楼很费劲，于是上前搀扶着他，再问："到底怎么了嘛？"

马宝莲有气无力地说："有个骑单车的混混蹭了我的车，想跑，我上前追，没拦得住，摔了一跤。"

"哎哟，这么不小心！"这次他没敢挤对马宝莲。

"留守老人，没得办法。"

"伤筋动骨一百天，你至少三个月不能去跳舞，骨头的事大意不得啊！"

开门，马宝莲进去，摆了摆手，招呼张大海回去，然后关上门。

"你一个人小心点啊。"

张大海对着门喊了一声，然后转过身来。

楼梯口，有几只围绕灯光扑扇着翅膀的飞蛾，他一动不动地站在原地，看了好半天。

张大海大摇大摆地走进物业办公室，经理如临大敌，不知这老头又来找什么麻烦。

他拿出一份电梯安装同意书，拍在桌上，然后数了三千块钱给物业经理。

经理惊喜得一时语塞，赶紧开了张收据，写着：临园路12号5栋电梯安装费。

经理高兴地说："张叔叔，您住一楼，可以给您免了。"

"我不贪便宜，一分不得少。"

"谢谢张叔叔支持我们的工作，我代表五栋的邻居们感谢您。"

小镇的琐碎依旧。

公交车依旧在喧哗的街道上行驶。

张大海依旧靠窗坐着,金枝依旧忙着招呼乘客。

只是到了新都宾馆那一站,金枝用眼角的余光看了看车门,张大海并没有站起身。这个谎,他不撒了。

下一站,他下车了。

收工了,张大海坐在灶台边的椅子上缓了好半天,然后和其他员工端着饭盆,走出厨房。几盆饭菜,这是他们的员工餐。

抬头一看,金枝正独自坐在餐桌边。

张大海愣住了,径直走了过来:"你……你怎么在这儿?"

金枝有些不好意思,她的眼神看向别处:"等你下班啊。"

张大海顿时有些羞愧起来:"你吃了没?"

金枝摇摇头。

张大海结巴起来:"你你你……等会儿。"

他放下饭盆,急忙折返去厨房,洗鱼头,浇剁椒,开火,上蒸锅,还顺便炒了两个小菜。

不出半小时,菜上桌。

张大海擦擦汗:"久等了……早些通知我就好了,好好给你弄几个招牌菜。我们的牛肚很好吃,学的邵阳做法,放山胡椒油,很香,下次你来我做给你吃。"

"我上次听到你说了。"

张大海羞愧地笑了笑:"是的,是的,有些人吃不惯。"

金枝有些拘谨,羞涩地笑了一下:"这么多菜,已经吃不完了,我们俩能吃多少。"

张大海憨厚地笑着:"吃,吃。"

"其实……我来吃过很多次,原来是你做的。"

"见笑了……"

金枝笑了笑:"好吃就行,'新都'我也去不起啊。"

张大海被金枝的玩笑话逗得没了刚才的尴尬,拿了瓶二锅头:"喝点儿?"

金枝点点头,张大海倒了两杯,像两个老熟人那样拉起家常。

张大海娓娓道来:"我这个人,这辈子一直坚持做老实人,但还是撒了两次谎。第一次是二十年前,为了生老三,给老二办了个假残疾人证,谁知道,老三出生了,却是个真残疾,还搭上老婆一条命。这谎话真的说不得,像个诅咒,最后居然成了真。从那以后,我坚决不再撒谎,谁知道遇见你,还是破例了,真是老脸都丢尽了,六十多岁了,还要吹这种牛。"

金枝举起酒杯,两人碰了一杯,一饮而尽。

"你啊,别往心里去,我真没当回事,"金枝感叹道,"我

还真是羡慕你，子女多是福，有三个，多好。"

"老大是抱来的，当初一直要不上，同乡家里养不活就给我了，谁知后来又要上了，但老大很争气，读的师范大学，现在在五中当历史老师。"

金枝丝毫没有客套的语气，反而是由衷地佩服："抱来的也是自己的，一个人拉扯三个孩子，了不起。"

"说说你吧，女同志开公交车的少。"

"我老公走了之后，我顶了他的班。赶鸭子上架，本来我不会，但我不顶班，名额就给了别人，老公没了，好歹我要一份工作养女儿。"

"你开得稳，不比男人差。"

"我啊，胆子小，开得慢，所以稳，哈哈哈！"

"你胆子可不小，碰到小流氓，那架势，不得了，哈哈哈！"

小城的这一角已经一片漆黑，只有百味饭馆依然亮着灯。

相见恨晚的两个人，像要把前半生没说过的话都一次性说完。

周六的家宴，除了小篆都来了，还多了金枝和她的女儿雨涵，八个人围着一桌。

张大海看着这热闹的景象，琢磨着等张小穗生了小孩儿的那一天，这餐桌就坐不下了，小安总得谈女朋友的吧，谈了女朋友也得生孩子吧，还有君君，君君要是真醒了，那到时候肯定得分两桌，这小小的家，哪里放得下两张桌子啊。

哦……不对，他等不到那一天，身体一天不如一天，常规的药物其实已经没什么用。现在年轻人喜欢说活在当下，张大海也想学学年轻人，既然看不到未来，那就活在当下吧。

金枝举起酒杯，说："第一次见各位，我干了，老张好福气啊。"

张小云客气地回敬："金姨，很高兴认识你。"

张小穗依然没大没小："张老倌不错啊，千年铁树开了花。"

张大海忍住笑，故作生气状瞪了张小穗一眼。

张小穗继续说："金姨，不得了，我们家吃饭从来没有四个钵，你看这个钵，一个个多扎实，您天大的面子啊！"

金枝笑着看向张大海。

张小安用手语说："欢迎你来我家。"

张大海赶紧给金枝翻译，然后问张小安："你女朋友呢？"

张小安默不作声，假装没看见，面露不悦，继续埋头吃着饭。

金枝看出了一点端倪，打着圆场，看了看大姐张小云，

转移话题问:"小云是五中的吧?你爸老说你,师范大学毕业的。"

张小云似乎不想大家把注意力放在她身上,总觉得一个又一个并没有恶意的问题问下去,就要露馅了。于是,她言简意赅地回答:"嗯,教历史。"

张大海几杯酒下肚,又开始嗫嚅起来:"教历史好,学史使人明智,小云从小就聪明,从不让我操心……"

张小云轻轻咳嗽了一下,想制止他说下去,但效果并不显著。

他继续说:"五中福利好,去年过年还发了大润发的购物卡,她给了我,今年还没用完,我一个单身汉,买不了什么东西。"

张小云不由自主地呛声道:"好什么,一个月就那点钱,送了人情,饭都吃不起。"她就不爱听张大海吹嘘她的工作,过得怎么样,冷暖自知,她反而羡慕张小穗的反骨,师范大学、公办学校、历史老师等等这些张大海挂在嘴边的,几乎要成为她不愿提及的要害。

王志鹏的脚在桌下碰了一下张小云的脚,让她不要顶嘴,她不留情面地白了王志鹏一眼。

张大海听到张小云这么说,有些担忧起来,不顾场合地说教，彰显他父亲的威严："说多少遍了，民办的芷沅不能去的啊。"

张小云没好气地回了句："芷沅又不一定要我。"

张大海追问："你不会真去了吧？"

张小云已经很不耐烦了："我说了，人家不一定要我。"

张大海："你还有多少事瞒着我？"

张小云："我这么大的人了，什么事都得告诉你吗？"

金枝赶紧碰了一下张大海的手臂，示意他不要动怒。

张大海脾气瞬间起来了，全然不顾金枝这个外人的存在，他放下酒杯，指了指王志鹏："志鹏，我问你，你俩什么时候开始分房睡的？"

语惊四座，金枝不知所措，雨涵羞得低着头吃饭。

王志鹏打死也没想到，这顿饭的焦点落在他的头上，而且话题的尺度一下被张大海拉得这么大。他抬起头，紧张得语塞。

张小云啪的一下把筷子朝桌上一放："爸，够了，我和志鹏……"

张大海厉声打断张小云，吼道："你俩早分居了，当我不晓得？"

张小穗赶紧争做和事佬："爸，姐有自己的打算。"

张大海爆发了，又转向张小穗，劈头盖脸一顿说："我还没说你呢，证都没领，先挺个大肚子，你不要脸，我要！"

这话戳到张小穗的心了，她站起来，可乐没拉得住。

张小穗又变身成了那个泼辣的女战神，她几乎是尖叫地宣泄道："张大海我告诉你！我天生就是个不要脸的人，你有什么资格管我？姐姐读本科，我就读个垃圾技校，我想学美容美发，你把钱给弟弟上特校，你现在知道管我，以前干吗去了。我是你亲生的啊，我怎么什么都轮不到！要不是你偏心，我不会是现在这个样子！我多希望自己是个男的，哪怕是个哑巴，都比现在好！"

金枝的女儿吓得躲在妈妈怀里。

张小云也站起来，不甘示弱地嘶吼着："你以为我想读这个大学吗？我想成绩好吗？我想死撑着跟王志鹏出双入对吗？我们早分居了！君君出事之后我们就名存实亡了！满意了吗！我这么干是为什么！是为了不让你们嫌弃！我也想像张小安那样，就算不健全也非常确定——我是不会被抛弃的！但我是个外人！我害怕又被这个家赶出去，可我不想读书，不想当老师，我不稀罕编制，我就想快快活活谈恋爱，结婚生小孩儿，能够自己决定自己的家散不散！"

王志鹏惭愧地低下头，他对张小云是有愧的。

"弟弟是残疾人，你们跟他比，良心上过得去吗？"张大海已然收不住，既然都豁了出去，他一个将死之人，还有什么好怕的，"张小云，我和你妈嫌弃过你吗？从小到大，弟弟妹妹有的，你没有吗？张小穗，你想读本科，说得出口，脸皮比城墙还厚，我问你，你考得上吗？你几斤几两，掂量过吗？学美容美发，你那时候天天跟小混混去酒吧，钱给你，你会规规矩矩交学费吗？弟弟今年二十岁，自己养活自己，他什么时候跟你们比过？他不会说话，他听不见，他能活下来就不是件容易的事儿！"

张小穗反驳道："我知道！谁都不如张小安！你自作主张，用妈妈的命换了个儿子！张大海，我一辈子不会原谅你！"

空气凝固了片刻，脸色阴沉的张大海几乎要崩溃，他像头狮子一样咆哮起来："你胡说！没有人比我更希望素平活着，她是我老婆！如果只能留一个，那什么结果都是错的！素平进了产房，给了医生一张字条，说如果出了什么事，一定要保小孩儿！我如果知道，一定不会让她这么做！但是你现在这么说，对你弟弟公平吗！"

一直安静地回避着一切的张小安突然也被点燃了，他站起身，猛地掀翻了桌子。

张大海看见辛辛苦苦做的菜撒了一地，气得冲过去给了张小安一巴掌，金枝赶紧上前拉住他。

父子二人眼看要爆发一场恶战，可乐和张小穗死命拽住张小安。

张小安用手语说："我就不该活着，家里的矛盾都是因我而起。"

张大海听明白了他的意思，问："你现在这个样子，对得起我们吗？"

张小安："可是我不想你们为我付出，你们真把我当个正常人，就不会这么为我牺牲，你们所做的一切，有没有问过我？你太自私了，为了要个儿子把我生下来，让我遭一辈子的罪。"

他的眼泪流下来，大口喘息着。

张大海："我把你生下来，养大，难道还错了？"

张小安："错了！你不该生我，不该把我养大，不该骗我，你根本不会野泳，不会跳伞，你甚至都没有去过太阳山看过日出，我不想像你一样，一辈子关在厨房，连稍微远点的风景都没看过！"

张大海喘着气，突然腹痛，他没站稳，坐在了地上。众人围过来，他拒绝大家伸出的手，突然像个小孩儿那样失声哭了出来。

张小云和张小穗也哭了。

张大海倔强地起身,擦了把眼泪,颤颤巍巍地回了房间,剩下几个不知所措的子女和满地狼藉。

第七章　意外

收拾完那一地碎片，张小云和王志鹏来了花火餐吧。这家店很混搭，有驻唱，有西餐，有烧烤，有啤酒，客人们混杂着金链大哥和西装型男。这里永远座无虚席，因为驻唱很会搞气氛，西餐正宗，烧烤地道，这里也是王志鹏向张小云求婚的地方，快十年没来了，那一年的那一天，王志鹏提前布置，安插了多位好友，还事先跟驻唱的歌手打好招呼，到了约定的时间，歌手邀请王志鹏上台献唱，宾客起哄，张小云被蒙在鼓里，她跟着大家一起闹腾着，把王志鹏推上台，谁知道王志鹏在唱完那首 *What a Wonderful Day* 之后掏出一枚钻戒，在台上单膝跪地向张小云求婚。

感觉是很久很久很久以前的事了,久得就像从来没有发生过一样。

他们俩从张大海家出来,觉得肚子有点饿,走着走着就来了这家。晚上几乎没吃什么,大吵大闹耗尽了她的体力,她突然想大吃一顿,却一时间想不出其他餐厅的名字,当王志鹏问她吃什么的时候,她脱口而出,要不"花火"吧。

驻唱的歌手换了,之前是一个身材单薄的男孩,有些"社牛"的气质,英文并不标准,但声音很好听。现在换了一个矮个子小女孩,烟酒嗓,不看脸光听声音还以为是个胖胖的黑人大婶,她唱着英文歌,客人们并不熟悉,大家都冷静地吃着饭。

张小云大口吃着汉堡和薯条,王志鹏惊魂未定,喝了两口水便吃不下了。他发着呆,听着这首没听过的歌,不知神游到哪里去了。

吃完了,她点了一瓶啤酒,一口炫完,王志鹏惊讶地看着她。

"你现在喝酒了?"他问。

"想喝就喝了。"

"也是,没人规定老师就不能喝酒,想喝就喝吧。"

"王志鹏,你还记得那天吗?"

"不怎么记得了。"

"哈哈,你回答得太快了吧,我又没说哪天。"

王志鹏不说话了,张小云突然站起身,跳上台,王志鹏还没反应过来,她已经站在了驻唱歌手的身边。

张小云拿着话筒,甩了甩头发,说:"各位朋友,我给大家唱首歌!"

歌手带着大家一起鼓掌。

"小云你干什么,别闹了!"王志鹏对着她喊道,挥手让她下来。他向来是个害怕"社死"的男人,当初爱上张小云,很大程度是因为他觉得他们是完美契合的一路人,十年了,一路人走散了,分岔路口各不相让,走不到一起了。

张小云根本没搭理他,拿着话筒开始唱 *What a Wonderful Day*,深情款款,眼神迷离,仿佛她才是"花火"的驻唱歌手。

王志鹏起身,穿过人群,离开了"花火"。

张小云边唱边看着他离去的身影,挺好,挺好,算是一首告别曲。

一曲毕。

张小云不止一次地梦见那一天。

她在厨房做饭,手忙脚乱,同时还要盯家里的装修,王志鹏很懒,总是借口加班很晚才回家,家务事都丢给了她。

阳台上堆满了瓷砖,新的推拉窗还没有装上去,君君在玩遥控玩具飞机,飞机不小心卡在装了一半的推拉窗上,君君踩着瓷砖慢慢往上爬。

张小云做好一道菜,走出厨房叮嘱在刷墙的师傅,看见君君在阳台上攀爬,慌张地冲了过去,一把抱下君君。

她有些失态地哭着说:"你干什么啊!妈妈跟你说过没有!这里很危险!"

君君被吓哭了,她觉得自己言语有些过重,又心疼地哄着他。

"没事就好,没事就好,都是妈妈没注意。"

她捧着君君的脸,亲吻着。

如果都跟梦里一样的结局该多好啊。

张小云站在阳台边,眼泪止不住地往下流。

"我怎么就晚了一步呢?"

张小穗和可乐在逛街,不知不觉就走到了童装区。看着展出的精致的小裙子，可乐满眼放光："真好看。"

张小穗看了一眼标价，说："太贵了，这料子还要一千多啊？"

可乐大手一挥："买，刚发工资呢！"

张小穗把裙子放回去："你怎么知道一定是女儿。"

可乐手舞足蹈地絮叨着："一定是女儿，跟你一样好看。我都想好了，等她五岁了，我就给她梳小辫儿，六岁的时候带她去滑冰，六岁……是不是要上小学了，真舍不得，要不晚点儿上吧，七岁上小学，大一点不会挨欺负，谁要敢欺负我女儿，揍他！八岁，八岁要带她去外面看看，咱俩一辈子窝在常德，女儿不可以，但她要是去了外面不想回常德了怎么办，等她长大了我们是不是就很难见到她啊……"

他的脸上一会儿幸福一会儿忧郁。

张小穗看着他单纯、开心的模样发着呆。

张小安躺在床上，翻看小篆的抖音账号。

他一遍又一遍看着里面的视频，都是他们两人曾经相处的片段，她并没有因为两人的分开而删除。不管她是什么原因拍下这些，好歹都是他们共同拥有过的，这些快乐是真正发生过的。他把每一条视频都下载到手机里，生怕哪天这个账号就

打不开了。

他渐渐睡着了。在梦里,他又见到了小篆。

沅水大桥上,他骑着电动车,小篆坐在他身后。

他迎着风,一脸幸福的模样。

小篆靠在他的后背上,他能感觉到小篆的温度。

他甚至听见小篆对他说:"张小安,要是你能听见就好了,因为我真想告诉你,我很羡慕你有个这样的家,如果我跟你一样,就不去很远的地方了。"

他居然像正常人一样说话了,他一字一顿地说:"小篆,如果一定要走,带上我吧。"

小篆惊讶地抬起头,幸福地紧紧抱住张小安。

他们的结局如果是这样,就好了。

张小云来了山上的一座道观。

算命的道士嘴里念念有词,然后烧了一张符,又闭着眼睛,手舞足蹈。

她坐在道士面前,有些紧张,又有些不信任地看着他。

道士张开眼,叹了口气:"唉!"

"怎么样啊?大师。"她迫不及待地问。

"你挡他投胎了,他会怪你的哟。"

窗外的阳光钻进来，落在地面上，让苍白清冷的病房变得温暖。

君君突然醒了过来，张小云给他擦脸，换衣服，然后母子二人在病床上嬉笑打闹着。仿佛这就是他们的日常。

张小云的头磕在床头柜上，惊醒了，抬头一看，君君依然戴着呼吸器躺在那里。

又是个梦，唉。

她静静地看了君君许久，然后伸出手，试图拔掉君君嘴里的呼吸器，手停在半空中，颤抖着，最终她没有这样做。

她失声痛哭起来。

周雯坐在医院走廊的长凳上，张小云拿了两份盒饭，递给周雯一盒，两人吃了起来。

张小云边吃边跟周雯说："我们离了。"

周雯问："你后悔吗？"

"无所谓，我现在只关心君君什么时候醒来。"

周雯扒了两口饭，放下饭盒，她自言自语道："我们这么做是对的吗？"

张小云笃定地回答："当然。生他的时候，没有经过他的同意,难道又要自作主张送他走吗?"

周雯突然哭了起来,张小云不知如何安慰,她们俩在这个病房的泪水已经成了常态,互相鼓舞的话语已经说到词穷。

周雯擦干眼泪,看着张小云,说:"我刚签完,明天拔管,今天是欣欣最后一天了。"

她投降了,唯一的战友叛变了。

张小云呆住了,眼泪也掉了下来。

从病房去丁医生的办公室要走十分钟左右,张小云感觉走了一整年。她不想去,她能猜到丁医生会跟她说什么,周雯的束手就擒想必成了院方最大的筹码,他们轮番上阵,只为让一个母亲放弃对孩子的期待。

她终究还是去了,她忐忑地坐在丁医生对面。

丁医生语重心长地说:"张老师,理论上来讲,奇迹发生的概率是零,你是当老师的,一定要相信科学。"

张小云沉默着,空气中缓缓漂浮着尘埃。

良久,她抬起头来:"丁医生,您有孩子吗?"

丁医生回答:"我有一个女儿。"

"她上大学了吧?"

"上了。"

"学什么呢？"

"今年大三，也学医。"

张小云这次没有歇斯底里。这两年，她为君君发的疯已经透支了所有的能量，她用一种很慢的语速，淡得无法猜测情绪的语气，说："君君如果没出事，现在应该小学三年级，正是调皮的时候，搞不好还常常闯祸，我得拎着水果去学校求老师原谅，他可能还会有自己喜欢的小姑娘，从我包里偷钱给人家买东西……但这些都没有发生，他在那张床上躺了两年，我不是没有犹豫过，他这样，可能比死更难受。但我不能这么做，他在呼吸，他是活的。万一他心里是在喊'妈，我会醒来的，你再等等我，再等等'，那怎么办？如果我拔了管，未来有天我们见面了，他会怪我的，会说'妈妈你怎么那么没有耐性啊，你给我买的书还没有读完，我还想跟你多待几年呢'，我应该怎么回答呢？丁医生，你是男人，不懂我们。生了君君以后，我总感觉我的心脏跑到了外面，他要是不在了，我的心脏就不跳了，那我活着还有什么意思呢？"

丁医生微微低下头，他不知如何回应。他无法感同身受，他的女儿每天给他打视频电话，喋喋不休跟他说着学校的趣事，她的青春是鲜活的。

张小云擦了擦眼泪，起身离开了办公室。

怀孕之后，张小穗便离职在家休息了，可乐扛起了所有生活的琐碎。可乐每天都沉浸在对美好未来的期待当中，三年前他从桃源县城来市区工作，是有些诚惶诚恐的。他这种没有通过读书跳出小县城的孩子，又没有一技之长，在常德这个内卷得厉害的发展中城市里是有些迷茫的，他总觉得幸福这件事离自己很遥远，微薄的薪水，昼夜颠倒的工作，底层的社交圈，从来不会给他足够的安全感。他甚至都没来得及好好看看这座城市，就开始了忙碌的人生。他从小被教育要夹着尾巴做人，少惹事，多干活，父母都是没读过什么书的老实人，对于桃源之外的世界，永远抱着一种敬畏的态度。

可乐很欣慰，幸福就这样横冲直闯地到来了，这让他时常感叹，真没来错地方。"飞歌"管超市的方经理很关心他们俩，可乐每到下班，方经理都让他带点公司给员工准备的夜宵回家。

"她大着肚子，你得多顾着点啊，咱们'飞歌'一枝花，谁知道最后落你手上了。"方经理打包好蒸饺，递给可乐。

可乐喜笑颜开地接过。

"谢谢经理！"

"谢什么！等她生了，常回来看看，大伙儿都很想她。"

"好嘞！"

可乐哼着跑调的小曲，带着蒸饺回家，却发现桌上有一封信。

他拆开信。

对不起，可乐，我决定自己带大孩子。其实你不是孩子的爸爸，每次看到你那么开心，我就觉得自己像个骗子。

不要找我。

可乐转身跑了出去，疯了似的在街上狂奔，他去了很多她有可能在的地方，却都没有她的影子。

他突然想起来，他从来没有去过张小穗自己的家，而"飞歌"没有任何人知道她的住址。

他只得急匆匆地赶到老张家，敲门，张大海开的门。

"张叔叔，小穗不见了！"

张小穗家的浴室放着水，老旧的煤气罐突然漏气。

她把头发扎起来，准备舒舒服服洗个热水澡。她摸了摸鼓起的肚子，幸福地笑了笑，顿时觉得有些头晕，她四处查看，

突然双腿发软，蹲坐在地上，手机就在沙发上，她却怎么也够不着。那一瞬间，她突然后悔了，她用尽力气喊着可乐的名字，但声音似乎无法从喉咙里发出来，眼前的一切摇摇晃晃，仿佛听见可乐在耳边碎碎念着他有多期待宝宝的诞生。她很懊恼，怎么没有早一步，也没有晚一步，就在一个最不应该的时间遇见了可乐呢，然后却又在一个最不应该的时间放弃了他，真是个蠢女人。

张大海带着可乐一起拦了一辆出租车，穿过小巷，来到张小穗家楼下。张大海曾经来过一次，忘了是因为什么两人吵了嘴，最后不欢而散，幸亏他还清楚记得具体的楼层。

爬楼梯时，张大海突然腹痛起来，他忍耐着剧痛上楼梯。可乐见状伸出手要搀扶他，他摇摇头，硬撑着上了楼。

来到门口，张大海说："孩子，你自己敲门，她躲着你想必有自己的原因，我带你来，但解决问题还是得靠你自己。"

可乐点点头，随即敲门，却不见有人开门。他拨通张小穗的手机，却能从门外清晰地听见手机铃声。张大海也觉得有些异样，走上前使劲敲门，依然毫无动静。他对着门缝闻了闻，有煤气味。

张大海："糟糕，煤气漏了！"

可乐慌了，正要踹门，张大海却不假思索地用尽全身力气撞去，破门而入。

张小穗正倒在浴室门边，淋浴的水在"哗哗"流着。

可乐大叫道："小穗！小穗！"

他冲过去，正要抱起张小穗，被张大海抢了先。

张大海抱着张小穗，朝门外跑去，腹痛得厉害，却拼命忍耐着，不知哪儿来的无穷尽的力量，让他完全忽略了那平日里无法克制的疼痛。

院子里的居民纷纷探头看发生了什么事。

可乐大喊："快帮我叫救护车！救护车！快！"

院子的路窄，车进不来。

张大海只得抱着张小穗一路往外跑去。

救护车赶到。

他眼前一黑，倒地昏睡过去。

张大海做了一个梦，梦中的张小穗才十岁，而自己的头发也还没有白。恍惚的记忆在梦里竟然变得清晰起来，他似乎都能闻得到那一天雨后树叶的气味，任性的小女孩张小穗赌气离家出走，他找遍了树林，落叶被雨水浸泡得松软，他的鞋子被打湿，他一路喊着张小穗的名字，终于发现她爬上了一棵榕

树，坐在树干上。

张大海一声咆哮："下来！"

张小穗正在气头上："不下来。"

"你要一直坐在树上吗？"

"对！"

"不饿吗？"

"饿死了也没人心疼。"

"胡说，我不心疼你吗？"

"你不心疼我，你只心疼弟弟，弟弟如果找不到了你肯定会发癫。"

"我刚才找不到你，也快发癫了。"

"骗人。"

"骗你干吗，你比弟弟大六岁，要懂事了，弟弟是聋哑人，长大了以后比你要难，你是姐姐，要多体谅一下啊。你想想看，如果你不会说话，也听不见爸爸喊你，可不可怜？弟弟现在就是这样的，他才四岁，以后的几十年都是这样的呢。他要像你一样生气跑出去，爸爸喊他的名字，他都听不见，丢了就真丢了啊！"

张小穗沉默了一会儿，她听进去了，然后朝下看了看，说："我下不来。"

张大海笑着说:"你往下跳,爸爸接住你。"

张小穗有点哽咽,眼泪在眼眶里打转:"你不准骗我,一定要接住我!"

"不骗你,爸爸怎么会骗你?跳吧。"

她眼睛一闭,跳了下来,张大海接住她,紧紧抱住她。

小女孩"哇哇"大哭起来。

张大海醒来,他正躺在病床上,旁边是正在打点滴的张小穗,她闭着眼睛,呼吸均匀,应该是已经没了危险。

他走过去轻抚张小穗的额头,小心翼翼地把她凌乱的头发整理好,她睁开了眼睛。

"爸。"声音依然微弱。

张大海心疼地小声应道:"我在,我在。"

"谢谢你。"

"多亏了可乐,他找不到你,要不是……"

"爸,我配不上他。"

"为什么?"张大海故意做出吹胡子瞪眼的模样,"他一个小保安,娶我女儿是他的福气。"

"孩子……不是他的,是高强的。"

张大海心头一震,说不出话来。张小穗干出这样的事情,

不算意外，但她躲着可乐，又算个有担当的孩子。如今这副模样，张大海恨不起来，也骂不出口，自己的时日已经不多，女儿也是受害者，被欺负了能跟当爹的坦白，怎么还忍心批评她。

张小穗又说："我不想撒谎。可乐多好啊，应该跟一个更好的女孩。"

张大海点点头："嗯，不撒谎好，做个老实人。"

"爸，我是不是特给你丢脸？我要是抱来的，早就被你赶出去了吧。"

"胡说。"张大海斩钉截铁地说，"你知道吗？我想不起来的那首歌，是你几个月大的时候，你妈哄你睡觉唱的歌。素平只要一唱，你就乖乖地睡着。素平走了，再也没有人唱这首歌给你听了。你是我们都很疼的女儿，为了你，我干什么都可以。但是，我们不能亏待你姐，越是抱来的，越没安全感，她心里觉得哪头的家都不是真正的家，所以，很多时候爸爸确实忽略你了。而你弟弟，他是个男人，以后还要成为别人的依靠，不像你，大不了回家，爸爸养。"

张小穗的眼泪划过脸庞，哽咽着说："骗子，说得这么好听，都不给我过生日。"

张大海忍住眼泪，回答道："你们的生日，是素平的难日啊。"

张小穗听后,紧紧握住张大海的手。

可乐在病房外排队交钱,然后来到病房前,无意间听到这番对话。沉思片刻,他便把装药的塑料袋挂在门把手上,离开了。

张大海揭开蒸锅,一份红艳艳的剁椒鱼头出锅。

店老板突然来到后厨,冷淡地说:"张师傅,你过来一下。"

张大海示意徒弟把鱼头从蒸锅里端出来,然后擦了擦手,跟着老板走到后厨一侧。

"老板,怎么了?"

店老板拿出一个册子,上面潦草地记录了一些文字:"你这个月被投诉挺多次的,下个月开始,工资降级……"

张大海拿起册子看了一眼,扔在一边案板上,说:"老板,没你这么干的,一共投诉三次,基本都是无理取闹,这就降工资,有点不合适吧。"

店老板想必是早有此意,于是硬气地说:"那你换一家干呗,在我这儿就得守我的规矩。"

张大海生气地脱下围裙，扔在一边，冲了出去。

店老板边走边说："你跩什么，一个炒菜的，真把自己当个人物了！"

张大海指了指店老板的脸，训斥道："咱们说清楚，今天是我不干了！不是你炒我鱿鱼！"说完，正要迈出大门，却看见了张小安站在他面前，他刚取完餐，也正要离开。

张大海对着张小安做了个鬼脸，上周的大战之后，这是他们第一次见面，没想到竟然是在这样的场合。他笑了笑，用手语说："老爸退休了，今天是最后一天上班！"

他看起来很开心，突如其来的退休，累了一辈子，终于不用操劳了。

张小安见他身后的店老板依然在骂骂咧咧，瞬间明白了怎么回事。

下一单距离比较远，张小安争分夺秒。

另一辆外卖骑手的电动车跟他并排前行着，他朝对方看了看，这个骑手竟然是小篆，她穿着外卖服，跟他相同的打扮，小篆也看到了他，两人都很意外。

小篆对他挥了挥手，他点点头。

并行了一条街，谁也没有先打招呼聊几句，小篆停在一家餐馆门口，下车取餐。

张小安也停下车，朝着小篆的方向张望着，她全程没有说话，用手语和手机打字跟商家交流。她像是体验着张小安的人生，想要把他经历过的困难统统经历一遍。

再见。

张小安在心里默念了一句，然后又上路了。

第八章 日出

电视屏幕里正在播放《大富之家》，主持人连珠带炮的风格很吵，老张家却很安静。

家里的线路有点问题，客厅的顶灯一闪一闪，时而明亮得刺眼，时而微弱得像要熄灭。张大海坐在沙发上，认认真真地看着节目。

这周子女们都没有来，各有各的借口，但谁都知道，上周那样的家庭战争造成的创伤，需要很久时间才能愈合。一顿饭，让所有矛盾浮出水面，每个人的心事都赤裸裸地袒露在外面。也好，也好，一家人，为什么要藏着掖着，为什么

还要各自出演着不属于自己的角色？有困难，解决困难，有问题，消化问题，都不是什么过不去的万丈深渊，有什么大不了的？

生死之外无大事，张大海现在什么也不怕，快走了，不如狠狠地捅一把老张家的马蜂窝，搞不好是一个促进家庭和睦的妙招。

主持人在宣布上周参与福彩节目的获奖号码。

张大海在家屏住呼吸等着最后四位数。

主持人一个个揭晓："激动人心的时刻马上就要到来了，我们大家一起来期待吧！5……7……2……1！"

全中！

张大海拿着手里的奖券副券，用尽全身力气大声呐喊。

楼上的马宝莲在床上熟睡，被张大海的呐喊声震醒，他翻了个身，迷迷糊糊地骂了一句："老东西，发春了吧。"

周六的家宴，孩子们都来了。

满桌丰盛的菜肴，张大海哼着歌，仿佛什么也没发生过一样。他逐一通知，反复强调，一定要来，说是有重大事件要宣布。

拗不过他，大家只好都来了。尽管都知道不会有什么惊喜发生，或许只是老张为了家庭和睦使出的把戏，但最终都没有抗拒这次家宴，其实每个人都为自己歇斯底里的样子感到愧疚，但主动去求和似乎并不是最好的方式，只能等着时间让这次的伤口自动愈合，刚刚过去一周，张大海的邀请，让大家都松了口气。

张大海做对了一件事，那就是在弥留之际，使了个致命招——解决问题的办法，就是先让大家发现问题。三个都是善良的孩子，都跟自己较劲，但都希望老张家和和气气，相亲相爱，既然如此，不下这一味狠药就达不到想要的效果。

不过他们都像约好了一样，没有带各自的伴侣。王志鹏已经跟张小云去办了离婚，现在处于冷静期，但他们都知道，他们冷静很久了，走不下去了，就放过彼此；张小穗已经和可乐分手了，准确地说，应该是张小穗单方面跟可乐分手了，方经理把她介绍给朋友的水果店，做着悠闲的收银工作，勉强能养活自己；小篆消失在张小安的生活里，一直到最后，张小安都没有机会跟小篆讲出自己的过往，那些不能提的痛苦，而张小安，说实话，其实也并不了解小篆的人生。

一阵闹腾过后，三个孩子又回了家。

意外的是，张大海又约来了金枝，上周的脸丢得还不够吗？俗话说，家丑不可外扬，不过这话可能只对寻常人有用，对于大限将至的张大海，他无所谓了。

一家人围坐着。

张小云举起杯打破僵局："我要感谢一下金枝阿姨，我爸一个人这么多年，很不容易。"

张小穗随口一问："爸，你们俩什么时候办酒席啊？我事先声明啊，我只能送祝福了，红包拿不出来，想想小孩儿一出生，全是花钱的地方。"

金枝开心地看了一眼张大海，眼神里充满了期待。

张大海却面露尴尬："别瞎说，金姨陪我聊聊天，我已经满足了。"

金枝勉强地挤出笑容，也配合地点点头。

张大海清了清嗓子，很正式地发表演说："我宣布一下，今后我们不再参加《大富之家》了。我退休了，年纪也大了，你们都有了各自的生活，想回来，我招待，不想回来，就好好生活。你们不想回家，都有各自的原因，我都理解，离家以后你们都靠自己的双手生活，都很难，爸爸不想让回家变成一个负担。"

三姐弟面面相觑。

张大海从一个黑色的皮箱里拿出一沓钱，分成四份，在三名子女面前一人分了一份，剩下那一份，他摆在自己和金枝面前。

大家惊讶得合不拢嘴，张大海继续说："我们……中奖了，二十万，都在这儿了。"

张小云捂住嘴，不敢相信。

张小穗聒噪地大叫起来："妈呀，扶着我，我有点晕。"

她看着眼前的现金，想拿，看了看大姐和弟弟，有点不好意思拿。

张小安伸手拿起一沓钱，满脸惊讶，有些惶恐地放了回去，生怕远处有一杆枪正瞄准他们，谁动了这笔巨资就朝谁开枪。

张大海用命令的语气说道："按咱们的约定，一人五万。"

张小云看了看其他人，见大家都不出声，便说："爸，其实这奖都是你操办的，我们哪能占你的便宜。"

张小穗忐忑地说："我……我也不太敢要，虽然我现在挺缺钱的。"

张大海摆了摆手："不行，听我的。咱们按规矩来，我只拿我这份养老钱，和你们金枝阿姨吃点好的，你们如果不要，我就捐了。"

子女三人对视，都不敢相信这是真的。

张小穗拧了一把大腿,痛得直哆嗦,她高兴得笑出声。

张大海叮嘱道:"我还是那句老话,我知道你们都需要用钱,拿着这个钱,去办你们自己的事儿,以后的困难还得你们自己解决。但记住了,生活面前,谁都别逞强,不要骗别人,但更不要骗自己。"

姐弟三人点点头。

灌溪镇的小路蜿蜒,两边是高大的灌木丛。

张小云拎着一些礼品盒,坐在中巴车上,一路颠簸。穿过隧道,翻过两座山,视野渐渐开阔起来,其实这里距离市区也不过一小时车程,但自从跟着张大海离开后,就再也没来过了。但毕竟走的时候已经懂事了,所以对当时的生长环境还是有些依稀的记忆,她对路边那个池塘的印象尤为深刻,岸边成堆的芦苇,池塘布满荷叶,在被送出去之前,这里也是她的圣地,她曾以为会在这里长大。

到站,下车,她一路辨认着,找到了小时候生活过的家。她答应了张大海,来李家老太太这里看看,听说李老太病得不轻,只想能在活着的时候看看她,还特别强调并不是要她分摊养老治病的钱,弥留之际,想看看这个离开多年的女儿是李老太未了的心愿。

张大海跟张小云说，不强求，也不是非去不可，但他认为，等以后有了这个心，估计就见不上，人生没有后悔药吃。

张小云想想觉得也是，尽管没有感情可言，但她不得不承认的是，她的内心对抛弃自己的这一家子，其实还是有些好奇的。

想看看她原本的家庭，现在过着什么样的生活。

李家一家六口人，李老太白发苍苍，坐在电视机前睡着了，子女们忙里忙外，小孩儿闹腾着，一家人感觉沉默而和谐。

听到敲门声，李家大媳妇利索地起身开门，张小云有些拘谨地站在门外，众人并未认出她来。

李老太睁开眼睛，这高挑、清秀的女人是谁，似曾相识，却又叫不出名字。

是她在二十多年前，送出去的女儿。

"我是张小云，我爸……让我来的。"

他们面面相觑，有些激动，却不知从何说起。

李家厨房是烧柴火的，李老太的孙子帮忙生火，张小云下厨，动作娴熟，颇有些专业的章法。只是这农村的灶台，大铁锅，她用得还不熟练。

螺丝椒下锅,擂软,椒皮有些微焦,起锅。放油,把切好的五花肉倒进锅。

张小云炒了一道拿手的辣椒炒肉。

她装好盘,回头却看见李老太颤颤巍巍站在厨房门口,不敢进来。

张小云笑了笑,说:"不习惯烧柴火,但炒出来好吃,城里烧的煤气,方是方便,但火没这么旺。"她说完继续忙活,努力装成手忙脚乱的样子,似乎在暗示她没有时间去聊那些令人尴尬的话题。

打从进门开始,李老太就一直看着张小云的脸发呆,好几次都看得她不好意思了。

这家人话不多,每个人都是一副拘谨、紧张、卑微的模样,尽管张小云并没有任何兴师问罪的姿态,这么多年过去了,他们都只是陌生人,所谓被抛弃的仇恨,对于张小云来说已经是历史。

李老太凝视着张小云的背影,好半天,用嘶哑的声音小声说:"你叫张小云啊,蛮好,蛮好,念起来顺口……"

张小云点点头,应了一声。洗锅,继续准备下一道菜。

她有些不自在,做饭的时候被人这么盯着,发挥不好,她不想继续就这个话题聊下去,所以赶紧把话题岔开:"我爸……我是说张大海,是个厨子,老张家我最有天赋接班,但他不让。"

李老太继续看着她忙碌的身影发着呆,久久不肯离去。

张小云不敢回头,任由她站在那里。

半晌,李老太说出一声:"对不起啊。"

张小云停下手里的活,回头看着泪如雨下的李老太,轻轻叹了口气,又转过身继续做饭。她不知道应该如何安慰,这一幕在她的计划之外。

为什么好像是我做错了一样?

被伤害的不是我吗?

吃完午饭,张小云陪李老太聊了许久,没有什么内容,大概是讲一些生活琐事,兄弟们帮她回忆童年趣事,她记不起来了,但听他们精彩地描述着,觉得很好玩,也没了起初的尴尬,反而对自己记忆零散的童年很有兴趣。

她没有留下来吃晚饭,还要赶着去医院。告别李家,时间尚早,她漫步在乡间路上。

路过一个石拱桥,她站在桥头,看着桥下的流水。

那一年张小云八岁,张大海牵着她的手从李家走了出来,

走过同样的一条路,也是这个石拱桥,桥下的流水跟现在一样清澈,那时桥边的青草或许更多更绿一点,但基本上没怎么变样。

八岁的她咬牙切齿,她已经有了自己的脾气,知道自己被抛弃了,她对张大海说:"我死都不会再来灌溪镇了。"

张大海问:"为什么?"

"他们根本不喜欢我,只喜欢那几个哥哥。"

"胡说,他们喜欢你,只是养不起了,等你长大了就懂了。"张大海劝着她。他并没有撒谎,张大海的表舅与他们是邻居,他知道李老太不是坏人,能养肯定会自己养,家里的米缸老鼠掉进去都能饿死,吊在灶台上的腊肉放了两年舍不得吃,真真正正的揭不开锅。当然,重男轻女也是一定的,否则不会想也没想,送走的必定是闺女。

张小云反驳道:"长大了我自己做主,更不会来。"

"傻孩子,他们是你亲爹妈。"

"从今天开始他们就不再是我亲爹妈了,你再逼我来,我就跳下去。"

石拱桥下的水流湍急,真逼急了跳下去,抢救起来难度很大。

张大海摇摇头,无奈地哄着她:"好好好,不来了,不来了。

你这么倔,以后怎么得了,人要懂得变通,要学会原谅,就算他们真的不喜欢你,不要你了,如果以后他们后悔了,知错了,难道要恨他们一辈子啊。恨别人有什么好,他们又不晓得,最后不开心的是你自己啊。"他看着张小云长大的,知道这姑娘倔得很,但并不是一个不讲道理的孩子。唉,更何况,跟一个刚被抛弃的八岁小孩讲道理,多残忍。

张小云噘着嘴,一声不吭,紧紧地牵着张大海的手。

她知道,以后得管这个男人叫爸了。

中巴车到了,张小云再看了一眼这里的石拱桥和芦苇,还有一片翠绿的荷叶,不知道李老太还能活多久,不知道自己还会不会再来。

她记得八岁那年离开之后,跟张大海和素平约法三章,坚决不允许李家人来城里看她。小学三年级时,李家大哥带了两箱水果来张家看她,被小小年纪的张小云赶了出去,那两箱水果也被扔了出去,从那以后,李家人不敢来了。她改姓张,切断了与李家的一切联系。她不像别的被送走的小孩儿,无数次设想与家人重聚的画面,她从来没有设想过。素平还在世的时候劝过她,如果她想回李家看看,就带她去,但她坚定地摇头说:"我爸叫张大海,我妈叫吕素平,我行不更名坐不改姓,我叫张小云,我家没有姓李的。"

司机按了一下喇叭,她赶紧上车。

张小云坐在病床边,捧着《小王子》,读给君君听。

"狐狸说,对我来说,你只是一个小男孩,就像其他成千上万个小男孩一样没有什么两样。我不需要你。你也不需要我。对你来说,我也只是一只狐狸,与其他成千上万的狐狸没有什么不同。但是,如果你驯养了我,我们就会彼此需要。对我来说,你就是我的世界里独一无二的了;我对你来说,也是你的世界里的唯一了……"

她边读边瞥了一眼周雯女儿欣欣的床铺,已经没有人了,又搬来了新的病人。她继续读着,停顿了一下,突然发现君君枕边露出红色的福袋,她伸手拿出来,是张大海贴身的那一个,他很珍爱这个,说是某年某月某日和素平在寺庙求来的。

原来他来过这里。

她看着手里的福袋笑了起来。

当初她决定继续对君君进行治疗的时候,张大海是反对派。他觉得,既然换了几家医院,甚至去了省城的大医院,个个都说没救了,就不应该自欺欺人地强行治疗。逝者已逝,生者还有未完结的人生,不能把自己拖垮了,生活总是要朝前看的。

他说得很有道理，但这却是张小云内心最过不去的地方，也是他们父女二人日渐疏远的原因之一。君君的确如同医生说的那样没有醒来，所以她不想见到张大海，她害怕张大海问"君君还好吗？你还好吗"，因为这样的问题，就像一把利刃，狠狠地插在她的心头，仿佛在批判她——早跟你说了，放下执念，他是醒不来的。

其实张小云并不需要张大海为她做什么，君君治疗的难度，她当然知道。她只是想得到张大海的支持，就要他一句"放心吧女儿，君君会醒的"。

仅此而已。

自欺欺人又怎么样，没有自欺欺人的本事，她早就活不下去了。

她把福袋贴在脸颊，靠在君君身边，深深地吁了一口气。

"老头子，有心了。"

她这样想着，倒有了一丝安慰。

张小穗拎着大包小包准备爬楼梯，刚走了几步，看见可乐站在上面等她，她扔掉手里的东西扭头跑开。

可乐追了出来。

他实在扛不住了,他没办法在明知张小穗住处的情况下,还忍住不来找她。

两人一前一后地走着,可乐一旦逼近,张小穗就加快步伐。

可乐担忧地不敢上前,着急地喊着:"小心肚子!"

张小穗不回头,可乐也不敢追得太紧。

"其实我早就知道孩子不是我的了。"可乐大声说道。

张小穗有些错愕,但仍旧没有回头。

可乐继续说:"我是生不了孩子的!"

张小穗一个趔趄,但又站稳了,继续朝前走着。

可乐苦口婆心地念叨着:"是谁的又有什么关系呢?你是我的不就好了吗?求求你别走了,注意安全!"

张小穗的眼泪掉了下来。

可乐急了:"我会对你好的!这些天我快死了!你行行好啊!"

张小穗停下脚步。

可乐开心得哽咽了:"女儿的裙子我买了,不能浪费啊!"

张小穗回头说:"笨蛋,是男孩怎么办!"

可乐笑了:"那就再领养一个姑娘呗!"

张小穗朝可乐冲来,抱住他放声大哭起来。

今天是张小安作为骑手的最后一天，他决定不干了。

他把车停在居民楼楼下，拎着外卖袋上楼，急匆匆地走到三楼，敲门，却没有人开门。

他一直拍着门，却始终没有人开门。

正准备转身走了，门打开，虚掩着，露出一条缝，一个面色苍白的女孩探头出来，她的眼角似乎还有泪痕，眼睛布满血丝。

张小安微笑着把外卖递过去，女孩没有表情，疑惑地接过。

他又拿出一个小礼盒，然后举起手机，上面打了一行字：你好，这是我送的最后一单外卖，送您一份礼物。

女孩没有表情，看了看外卖单，一脸疑惑地说："弄错了。"然后把外卖还给了张小安。

张小安仔细对照了一下，他把3B看成了3D，然后赶紧鞠躬道歉。正要走，女孩关门的瞬间，他留意到屋内挂在天花板上的一根绳索，并且打成了结，似乎是要自杀。

门关上，张小安再次用力敲门，女孩没有再开门。他退开几米，冲过去，用力撞开门，闯进去，女孩已经站在凳子上，绳索已经套在脖子上，果然是要自杀。

张小安急了，推开女孩，女孩用力拽着他，使劲想把他推出去。张小安力气很大，他推开女孩，把悬挂在天花板上的绳索拽下来，扔得远远的。

女孩撕心裂肺地叫嚷着："出去！关你什么事？"

撕扯中，张小安从包里掏出那张常用的纸牌：你好，我叫张小安，我是聋哑人，请多关照。

女孩看到这张纸牌，愣住了。

女孩坐在窗台边，张小安为她拆开那份礼物，是一个小相框，里面是那张日出的照片，他把相框小心翼翼摆放在窗台上。

张小安拿出手机，打了一行字：活着多好。

女孩也拿出手机，用文字回应：但他不珍惜我。

张小安：你要珍惜你自己。

女孩；你不懂。

女孩看着张小安，眼神变得没那么凌厉。

张小安想了想，打了一行字，举起来给女孩看：我自杀过两次，我当然懂。

女孩很震惊，她的表情缓缓变得柔和，尽管她并不知道眼前这个男孩到底经历过什么，但聋哑的他，一定比健康的人经历得更多吧。

这时,朋友们赶来,把女孩团团围住,关切心疼地安抚她。

女孩带着感激的神情看着张小安。

张小安突然想起外卖还没送,赶紧起身,他转身对女孩微笑,挥挥手。

女孩赶紧又在手机上打字,从人群中走出来,举着手机,上面写着:谢谢你。

张小安对着女孩笑了笑,就像那张照片上的日出,光芒万丈。

张小安刚洗完澡,花炮从上铺跳下来,举起手机,小篆正在直播。

他不想看,躲闪着。花炮着急了,把他拽过来,逼他看。

视频中,小篆是用手语在说话。

小篆:"这些日子,我很任性地玩了一个游戏,伤害了一个男孩,我在这里向他真诚地道个歉,我并不奢望他会原谅我,但我想让他知道,他是一个值得被爱的人,因为我在这个游戏的过程中,发现自己真的爱上了他。我去体验了他的生活,才真正感受到他的坚强和勇敢,但我却嘲讽过他的缺陷,这是

一个不能被原谅的错误。这是我最后一次直播,我就要离开这个城市了,希望留给这个男孩的记忆是美好的。"

最后她说了句:"对不起,小安。"

太阳山漆黑一片,下着大雨,张小安拿着手电筒,艰难地爬上了山顶。

他看见小篆正坐在悬崖边,浑身透湿。他们并不是为了迎合这悲伤的气氛,只是他们忘了带伞,年轻人的冲动就是如此,决定做一件事的时候,绝不会看天气预报。

小篆站起身,看着浑身湿透的张小安,两人笑了。

小篆打着手语:"真不巧,我们总是这么不巧。"

张小安微微颤抖着,突然走上前,勇敢地伸出手紧紧抱住她。她很是惊讶,闭上眼睛靠在张小安的胸口。

他主动亲了她,这次他竟然没有颤抖,没有恐惧,没有逃亡。

他对小篆的爱像个身披金甲圣衣的武士,把心魔揪出来杀死了。

他赢了。

张小安骑着电动车飞奔,背后的书包突然钻出小狗的头,是Bibo。

Bibo是他们第一次约会时的见证，无论小篆要去哪里，他都想让Bibo离开那个笼子，成为一个有人爱的宝贝。他拿出手机，正要发微信给小篆，却因为没电手机自动关机了。

他开到火车站时，小篆乘坐的那趟车已经开动了。她要离开常德了，去往一个很远的地方，正如她曾经说过的，要去一些陌生的城市，拍不同的画面。常德的景色，能拍的都已经拍过了。

鸣笛声刺耳。

他站在离站台不远的角落，傻傻地望着远方。

Bibo又探出头来，叫了两声，张小安小心地把它从书包里抱出来，轻抚它的头。

小篆去了更广阔的天地。

而你，不再被笼子困住了，我们都自由了。

小篆没有见到Bibo，它从此成了张小安的家人。

每天小安都会抽空带它在沅江边玩耍，他想，如果早一点把它买回家，小篆会不会就不走了。那么现在就应该是两个人陪着Bibo奔跑了。想了想，他又觉得这样的想法挺自私的。Bibo想从笼子里钻出来，小篆想离开这个曾经困扰她的小城，

每个人都想逃离束缚自己的地方，他留不住。

回到家门口，他用毛巾给Bibo擦爪子。他注意到地上有一个邮寄来的包裹，是小篆寄来的。他迫不及待地拆开包裹，是一本相册。轻轻翻阅，里面是一系列关于他的照片，从小篆第一次见到送奶茶的张小安，他惶恐又可爱的样子，到他们恋爱时拍下来的各种甜蜜画面，再到第一次跟张小安一家人吃饭拍下的全家福。就像一个心愿的了结，她完成了，所以才会坦坦荡荡地离开吧。

他轻轻抚摸着这些照片。

Bibo叼着它的玩具，在房间里跑来跑去，张小安笑了笑。

还好还好，不算是一个bad ending（悲剧）。

餐馆的招牌上写着"大海碗"，油漆锃亮。

张大海站在这家新餐馆门口，惊讶万分，甚至有些手足无措。他缓缓走进餐馆，暂时还未营业，所有的桌椅都是新的。儿子约他在这里相见，神神秘秘，此刻他倒是猜出了几分。

他来到了后厨，只有张小安一个人在。张小安穿着白色厨师服、戴着厨师帽，正在调试灶台，动作并不见得熟练，但感觉他一副胸有成竹的架势。

张大海停下脚步，端详着儿子的背影。

张小安回头刷洗配菜台，见张大海进来了，露出微笑，用手语说："这是送给你的礼物。"

张大海有些蒙，他环顾四周，问："这是你盘下来的？"

张小安点点头，继续说："老板你好，我能来这儿上班吗？"

张大海的眼泪瞬间就掉了下来，他点点头。他边说话边打着手语："爸爸干不动了，以后靠你了，有爸爸祖传的厨艺，一定会生意兴隆。"

张小安笃定地点点头："交给我吧。"

张大海："谢谢，爸爸很开心。"

见他这么说，张小安笑得很灿烂，这是这些年来父子二人第一次真正意义上的交谈。

张小安想了想，继续用手语诉说，他开始讲述那些从不曾跟人倾吐过的往事，他不会说话，听不出任何的口吻，但他的眼神坚定而哀伤，他受过太多的苦难。

"爸爸，我在特校很痛苦，那是一段黑暗的日子，学校的管理并不像他们宣传的那样完善，有一群恶魔，他们总是欺负我，打我，脱我的裤子，把吃剩的饭菜淋在我头上。每个夜晚都是我最害怕的时候，因为我知道，日复一日的节目都在这时上演，可我不能逃走，我知道上特校花了很多钱，而这些钱

原本就来之不易，我被关在宿舍里，每天晚上遭受着不堪入目的对待。这是我不愿意去回忆的历史，但我现在不害怕去描述它了，我终于可以勇敢地面对人生了，因为我知道，你的人生也并不那么美好。为了我们三个，你这辈子遭受的痛苦，一点也不比我少。爸爸，我爱你。"

张小安放下手，眼泪掉了下来，但他的目光坚毅，丝毫没有惧怕。

"对不起。"

张大海泪流满面，紧紧抱住张小安。

他多内疚，却又多欣慰啊。

武骁带着两个年轻人走在小巷口，嚼着槟榔，东张西望。

一个小学生路过，被他一把抓进巷子里，小学生被吓得哭了起来。

武骁翻遍小学生的口袋，这动作娴熟，一看便是个惯犯，可是什么也没找着，气得举起手要扇小孩儿耳光。

突然有人拍了拍武骁的肩膀，他回头一看，身后站着张大海。武骁打量了一下，并不认识这个头发花白的老头，他在脑海里搜寻着是不是在哪儿见过，没来得及躲避，挨了张大海狠狠一拳。

武骁一时没反应过来，平白无故挨打，这是头一回。

小学生趁机逃走。

被打伤的武骁气急败坏地回头反击张大海，却被张大海机敏地躲开，两人打成一团，武骁有些没反应过来，张大海却目标明确地一拳又一拳。

武骁身边的两名年轻人拉开张大海，用力摁住他。武骁愤怒地操起巷子路边废弃的板凳，正要砸向他，手在半空中停了下来。

眼前赫然出现一群人，个个身强力壮，他们是百味饭馆的老伙计们。原本张大海只通知了徒弟，谁知小徒弟一吆喝，人喊人，乌泱泱来了二十几人，一副舍身取义的架势，来为退休的张师傅撑腰。

武骁顿时腿软，他一脸蒙，实在想不起来什么时候得罪了这群老东西。

大家挥舞着拳头朝武骁等人冲了过来，这厮吓得连滚带爬，落荒而逃。

赶走了武骁，众人把许久不见的张师傅举起来欢呼。

嘿嘿。

儿子不计前嫌，老子今天才算翻篇。

金枝把车开到汽运总站,到了换班时间,她下车走到调度室,擦了擦汗,喝了口水。发现张大海来了,她有些不高兴的样子,假装没看见他,继续收拾东西准备离开。

她并不欢迎这个臭老头,一腔热情地付出,结果在他这里,只不过是个陪聊的伴儿,如果不是真心实意奔着共度余生去的,凭什么搭理这个满头白发的臭老头。她一肚子气,正愁没地儿发。

张大海拿出用报纸包着的钱:"拿着吧,别倔,我也用不着。"

金枝无动于衷,冷冰冰地回答:"我不会要的。"

"雨涵学画画,别废了,为孩子好嘛。"

"张大海,你凭什么给雨涵钱,你是她的谁?"

张大海一时语塞:"我……"

金枝继续连珠带炮地数落他:"你如果是雨涵的爹,我就心安理得地要了这笔钱,但你跟孩子们怎么说的,我只是陪你聊聊天,那我不值这么多钱,你去滨湖公园走一圈,多的是孤零零一个人散步的寡妇可以陪你聊天,你走吧。"

她对张大海是真心的欣赏。本来一把年纪,她不打算再找,人生目标只有一个,就是把雨涵养大,这辈子就这么得过且过了,直到张大海出现,她觉得这是个诚实、善良、正直的男人,便义无反顾了。况且在她看来，上门见他的子女，被隆重地介绍给一家人，这是认同他们感情的举措。却没想到在张大海嘴里，她只是陪着聊聊天的人，他甚至都不愿意承认两人的恋爱关系，没名没分的，老娘可不受这委屈。金枝恼羞成怒，一把年纪了，可丢不起这人，送钱算什么，尊严是钱能买的吗？今天要拿了这钱，自己都会看不起自己，百年之后见了前夫，还不知道怎么嘲笑她。

她收拾东西，准备离开。

张大海依然站在原地，沉默许久，说："我啊，这次又没做个老实人。"

金枝瞥了他一眼。

张大海继续说："我想真心对你好，但我时间不长了，不能跟你开这个头。"

金枝心头一紧："什么意思？"

"我生病了，没多少日子了，所以不敢跟你谈以后的事，因为恐怕……没有以后了，给你钱，不是求你原谅我，咱俩的情分也不是假的，就当是我对你的一点责任，我希望我走了以后，多少还能帮你一点儿，你过得比较难，雨涵以后花钱的地方也多……"

金枝愣住了，有些失态地冲过来，大声问道："什么病？

什么病?你告诉我啊,你为什么不治,你现在不是有钱吗,去治啊!我陪你去!"

张大海平静地安抚着金枝,说:"来不及了,省点力气咱俩聊聊天吧,钱花了,人没了,把一家人都拖垮,我走也走得不安心。"

金枝浑身颤抖着,紧紧抱住张大海。

这个老东西,不是说要做个老实人的吗?

柳叶湖湖畔,水波荡漾,一只水鸟从湖面掠过,又直冲云霄。

今天是张小安的生日,张大海说,他来安排,结果却带儿子来了这里。

张小安的生日,是素平的忌日,每一年的这一天,张大海都悲喜交加,儿子长大一岁,但素平走的时候那苍白的脸,还有紧紧拽住他衣服的手,这些画面是忘不掉的。

张大海打手语:"把衣服脱了。"

张小安有些害羞地摇摇头,但忍不住想笑。

张大海:"快,脱了!"

张小安:"为什么?"

张大海:"你妈妈托梦给我,让我带你来游泳。"

脱掉衣服，父子二人跳入湖中。

阳光折射进水中，穿过水草与气泡，父子俩欢快地在湖中游泳，打闹。

直升机上，二人全副武装地坐在直升机里，在工作人员的帮助下检查身上的装备。

风很大，工作人员大声指挥着。

工作人员："准备好了吗！"

张大海回答："好了！"

他看了看张小安，示意张小安先跳。张小安朝下方望去，有些紧张。

张大海打着手语："不要怕，有爸爸在。"

张小安还是紧紧抓牢座椅，不敢跳。

张大海："儿子，记得了，你是个了不起的人。"

张大海拍了拍儿子的头，然后跳了下去。张小安鼓起勇气，也跟着跳了下去。

两人在空中拉开降落伞。

平安地降落在地上后，两人激动得抱在一起。

夜晚，他们在山顶搭了个简易的帐篷。

燃起一堆篝火，张大海从包里拿出一盒小蛋糕，小蛋糕因为沿途颠簸被摔得不成样子，张大海有些惭愧地笑了出来。

点上蜡烛，他递给张小安。

张大海："生日快乐。"

张小安把蛋糕搁在腿上，双手合十许愿，然后吹灭蜡烛。

张小安："谢谢。"

坐在山顶的看台，张大海靠在张小安身边睡着了，漫天星光在头顶闪烁着。

张小安端详着张大海额头的皱纹，也渐渐睡着了，他梦见了小时候的自己。

那天，张大海正在晾晒衣服，七岁的他哭着回到家，额头很脏，脸上有伤口，衣服也被人扯烂。

张大海急忙扔下手里的衣服，抱着张小安。

张大海："怎么回事？"

张小安："超市那边的小孩打我，他们用石块丢我。"

张大海："你为什么不跑？"

张小安："我跑了，他们追着我打。"

张大海心疼地抱了抱张小安。

张小安："我为什么是一个残疾人？"

张大海："儿子，我们来到这个世界上，从来没有谁的目标是要做一个会说话的人,我们的目标只有一个,就是做一个好人。有的人虽然会说话,但说的都是没用的话,有的人力气大,但是他却用来打架,拥有这些能力并不是什么了不起的事,但是当你缺少这些能力,却还能像拥有这些能力的人那样好好生活,那才是一个了不起的人,儿子,虽然你缺少这些,但你很了不起啊。"

张小安一知半解地点点头,张大海捏了一下他的鼻子,把他逗笑了。

这个梦很清晰,就像是刚刚发生一样。

太阳升起,光芒万丈。

张小安睁开眼睛,激动地站起身,走上前,迎着巨大的太阳。

他回头,拍了拍张大海,张大海缓缓睁开眼。

张小安:"我终于看见了!看见日出了!"

张大海看着阳光下手舞足蹈的张小安,露出无比欣慰的表情,他微微笑着,感受着暖暖的阳光,然后闭上眼睛,手垂了下来。

老张同志,在日出时睡去,走得不算痛苦。

殡仪馆里，大半夜，姐弟三人按传统守夜。

白天该来的朋友都来了，马宝莲还想跟他们一起守着，说是想多陪陪张老倌，但张小云把他劝回去休息了。金枝忙了一天，对他们说："我去给你们买点儿吃的，你们趁现在消停多睡一会儿。"

张小云疲惫地点点头："好，谢谢阿姨。"

金枝披了件外套，走了出去，天已经有些冷了。

三姐弟坐在一起，相互倚靠着。

张小云突然想起了什么，说："对了，金姨说爸爸把奖金给了她，她不要，非得出葬礼的钱。"

张小穗打了个哈欠："为什么不要？"

"她说爸爸去陪妈妈了，她是个外人，不应该要。"

"哦……对了，昨晚做梦，我想起来妈妈哼的那首歌是什么了，我在梦中把自己叫醒了，怕忘记赶紧拿手机记了下来，是齐豫的歌，叫《梦田》。"

"早几天就好了。"

"嗯。"

张小穗拿出手机，点开 App，播放这首《梦田》，音乐声响起，正是素平生前哼唱的那首歌：

每个人心里一亩一亩田，每个人心里一个一个梦，用它来种什么，用它来种什么，种桃种李种春风……

音乐缓缓流淌，三姐弟昏昏欲睡，进入梦乡。

终 章　一年后

阳光从窗外照射进来，斑驳的树影，轻轻晃动着。

午后的病房很安静。

张小云坐在病床边，依旧捧着那本《小王子》，读给君君听。

"你夜里仰望天空，因为其中有一颗星上有我，因为其中有一颗星上有我在笑。对你来说，所有的星星仿佛都在笑，于是就有了会笑的星星……"

君君睁开了眼睛，看着张小云。

他在一个平淡无奇的时刻，突然就醒了过来。

张小云呆住了，她停止朗读，放下书，伸出颤抖的手抚摸君君的额头。

她笑着笑着，眼泪掉了下来。

他醒了，她赢了。

周六的家宴变成了传统。

老张师傅不在了，小张师傅下厨，张小安现在是"大海碗"的大厨兼老板。张小云照例帮忙择菜，花炮刨鱼，大家分工有序，忙得热火朝天。

张小穗想帮忙，却不知从何帮起，好吃懒做的人设跑不了了。她打开蒸锅，正要从蒸锅里端出蒸好的剁椒鱼头，张小云拦住她，拿出一个隔热的手套，说："烫死你。"

张小穗笑了笑，拿着筷子偷夹了一块尝，拍了拍张小安的肩膀："行啊你。"

张小云笑着说："爸爸生怕我们做不好，天天念，听得我耳朵都长茧了。"

张小安打着手语，学着张大海的表情："蒸十分钟，一分钟不能多，一分钟不能少。"

张小穗做了个鬼脸，说："他要知道你还是去了芷沉，能气得活过来继续骂你。"

"随便骂，君君醒了，我现在热爱全世界。"张小云哈哈大笑。

"大概多久能出院？"

"还不知道，没那么快。慢慢来，我不怕慢，就怕不来。"

"芷沅待遇还可以吧？"

"挺好的，总算是过了这个难关。"

客厅里，可乐哄着孩子，Bibo在地上打滚撒娇。

菜刚上桌，有人敲门，是金枝带着女儿雨涵来了。

金枝连声道歉："对不起，来晚了，中午不好换班，雨涵有个礼物送给你们。"

雨涵拿出一张画，画上是张家一家四口。

大家很开心，连连称赞，热情地招呼母女二人上桌。

门外电梯降落，电梯门打开，是红光满面的马宝莲和他儿子小马，他们提着几袋礼物，敲门。

张小云开门，见是他们，热情地招呼着："马叔，刚开饭，一起吃吧！"

马宝莲欢呼雀跃地啷瑟着："我不吃了，儿子从北京回来看我了！来，给你们带的烤鸭和果脯！"

小马把一大袋礼物递过来，张小安接过。

张小云："谢谢啊！马叔，真不吃啊？菜够！"

"不吃了，不吃了。我儿子明天就要走，我要和他好好聊聊。"

张小安接过礼物，放进储物柜，却发现了一个从未见过的精致的小盒子。他好奇地打开，里面只有一张很旧的字条，整整齐齐地折叠着，打开，竟然是张小安十岁时塞进素平遗像的生日愿望，上面写着：

妈妈，我的生日愿望是爸爸带我野泳、跳伞、看日出，妈妈保佑一定要实现啊！

他轻轻抚平字条上的褶皱，眼眶湿润。

吃完饭，张小安推着婴儿车在小区院子里散步。Bibo 和金枝女儿雨涵追赶着蝴蝶，婴儿车里的小宝宝见状兴奋地笑着。阳光洒落在栅栏的丝瓜叶上，有些晃眼。那蝴蝶非常灵敏，躲开 Bibo，躲开雨涵，停在小宝宝的鼻尖上。

金枝凝视着眼前美好动人的景象。

这时，她想起张大海留给她的最后一封信：

金枝啊，请不要怪我，没能照顾好你，我很惭愧。

请为我保守《大富之家》的秘密。我太了解孩子们了，两个姐姐一直都觉得小安是素平用命换来的，如果告诉他们，奖金只有五块钱，那我攒的这些钱，姐姐们一定会让给弟弟。

其实，我以前也这么想，儿子这辈子遭太多罪，得想办法多帮他。但这些日子，我渐渐发现，虽然小安从小吃了很多苦，但他很勇敢，不会让我操心。倒是两个姐姐，她们挺难的。生活面前，谁都别逞强。所以我只好想了这个法子，多多少少能解决两个姐姐眼前的困难，未来，还得靠她们自己去面对。

有空你去看看他们吧，让小安做点好吃的，他手艺比我还好。

完